ThéoTeX
Site internet : theotex.org
Courriel : theotex@gmail.com

Couverture : Tableau de Leonello Spada (1576-1622), illustrant la parabole du *Fils prodigue*.

© ThéoTeX
Édition : BoD — Books on Demand
12/14 rond-point des Champs-Élysées, 75008 Paris
Impression : BoD - Books on Demand, Norderstedt, Allemagne
isbn : 978-2-322-37549-3
Dépôt légal : février 2022

Récits

et

Allégories

Ruben Saillens

1896

ThéoTeX

— 2018 —

Préface

Chacun des morceaux qui composent ce volume a été, avant d'être écrit, présenté sous forme d'allocution aux auditeurs des Réunions populaires évangéliques. C'est à ce public bienveillant et sympathique que ce livre est affectueusement dédié par l'auteur.

Il y a dans notre tempérament celtique un fond de mysticisme qui s'opposera toujours à ce que nous devenions un peuple d'athées. Cette tendance mystique, on la trouve même dans le langage des apôtres de l'incrédulité, depuis M. Renan jusqu'à Mlle Louise Michel, jusqu'à M. Emile Zola. L'irréligion, pour réussir chez nous, a dû prendre les allures de la religion.

Il y a là, pour nous chrétiens évangéliques, un encouragement : Qui mieux que nous peut parler aux âmes affamées d'idéal ? La cime vers laquelle aspire notre génération, ce triple sommet de vérité, de justice et d'amour, nous seuls le connaissons : c'est le Calvaire.

C'est ce besoin d'entendre une voix moins froide que celle de la science et de la raison, au nom desquelles on nous parle depuis si longtemps, qui explique le succès parmi nous des ouvrages de la nouvelle école littéraire russe, à la tête de laquelle est placé le comte Léon Tolstoï, ouvrages qui, malgré des erreurs et des lacunes que nous regrettons, savent parler au cœur par l'imagination.

Parmi les récits contenus dans ce recueil, il en est un qui, traduit à notre insu en anglais sans nom d'auteur, eut la bonne fortune de tomber sous les yeux de l'illustre romancier russe. Il le traduisit dans sa langue avec quelques variantes, et nous ne fûmes pas peu surpris, il y a quelques mois, de trouver notre récit, *traduit du russe en français*, dans un volume des œuvres de Léon Tolstoï. Nous lui écrivîmes, et voici sa réponse :

« Monsieur,

Je suis vraiment désolé de vous avoir causé de la peine et je vous prie de me pardonner ma faute, qui est bien involontaire, comme vous allez voir :

Il paraît en Russie une feuille mensuelle très peu répandue : le *Rabochie,* c'est-à-dire l'*Ouvrier*. Un de mes amis me donna le numéro de ce journal dans lequel se trouvait une traduction et une adaptation à la vie russe de votre récit le *Père Martin,* sans nom d'auteur, et me proposant de profiter de ce récit pour en faire un conte populaire. Le récit me plut beaucoup ; je ne fis que changer un peu le style et ajouter quelques scènes, et le remis à mon ami pour le publier sans mon nom, comme cela était convenu, non seulement pour le *Père Martin,* mais même pour les récits qui étaient de moi. Pour la seconde édition, l'éditeur me pria de lui accorder le droit de mettre mon nom aux récits qu'il avait reçus de moi. J'y consentis, sans penser que, parmi ces récits dont huit étaient de moi, le récit

Martin ne l'était pas. Mais comme il avait été refait par moi, l'éditeur y mit mon nom comme aux autres.

Dans l'une des éditions rédigées par moi je fis ajouter au titre « *Là où est l'amour là est Dieu,* » la parenthèse : *emprunté de l'anglais*, l'ami qui m'avait donné le journal m'ayant dit que le récit était d'un auteur anglais. Mais dans mes œuvres complètes, on a omis la parenthèse, et le traducteur a fait la même faute.

C'est ainsi, monsieur, qu'à mon grand regret, je me suis rendu coupable envers vous d'un plagiat involontaire, et c'est avec le plus grand plaisir que je constate ici par cette lettre que le récit : « *Là où est l'amour là est Dieu* » n'est qu'une traduction et une adaptation aux mœurs russes de votre admirable récit *Martin*.

Je vous prie, monsieur, d'excuser ma négligence et de recevoir l'assurance de mes sentiments fraternels.

Léon Tolstoï. »

Lecteur, puissent ces humbles paraboles, écrites sans la moindre préoccupation littéraire, uniquement en vue du salut des âmes, te conduire à Jésus-Christ, et faire naître en toi cette vie nouvelle, sans laquelle tu ne saurais être en bénédiction à tes semblables !

Voilà le seul succès qu'ambitionne l'auteur.

Le Barde

I

Le lendemain de son couronnement, un jeune roi quitta son palais pour se promener sans escorte dans une forêt voisine. On était à cette douce et fugitive époque de l'année où l'été, atteignant sa plénitude, s'apprête à léguer à l'automne les moissons et les fruits qu'ont mûris ses ardeurs. La vie dans sa force, sa joie et sa majesté, éclatait de toutes parts ; c'est à peine si, à la cime des arbres, quelques feuilles jaunies tachaient de leur rouille le manteau vert de la nature.

Le roi marcha longtemps, pour calmer l'agitation que les cérémonies de la veille avaient produite en lui. Peu à peu, dans le silence rendu plus solennel par les chants étouffés des oiseaux sous l'orée, et par les mille bruits que fait la nature en ses mystérieux travaux, une profonde paix envahit le jeune homme. Il se vit au sein d'une grande famille où toute chose le saluait en frère, république de laquelle tous les êtres vivants sont citoyens à titre égal.

Il s'assit au pied d'un chêne. Il régnait en cet endroit un demi-jour discret, sur lequel tranchaient quelques points de vive lumière : on eût dit que du feuillage noir il pleuvait des gouttes de soleil.

Et le roi s'endormit.

Soudain, un chant étrange, fantastique, surnaturel, qui semblait à la fois descendre du ciel et monter de la terre, parvint jusqu'à lui. Etait-ce une seule voix, ou une multitude ? Dans cette admirable mélodie, si douce qu'elle eût bercé le sommeil d'un petit enfant, tout avait son écho ; on y retrouvait le chant nocturne du rossignol et la plainte éternelle des vagues, le mugissement des tempêtes et le frais gazouillis des fontaines, un bruit d'insecte qui vole et d'avalanche qui roule, toutes les rumeurs de la plaine et de la montagne, de la mer et des bois, mêlées à des notes inconnues, lointaines, éthérées, voix d'anges se confondant avec les voix terrestres, musique mélodieuse que fait à travers l'infini la marche des étoiles...

Longtemps le prince écouta. Il avait quitté son palais au matin, et déjà le crépuscule étendait au loin ses ombres transparentes, qu'il écoutait encore la voix qui ne se lassait point, avec des intonations nouvelles, où le même motif se retrouvait en d'innombrables variations. Mais quand la nuit fut venue, un frisson éveilla le roi, et le chant s'arrêta.

Il se leva, regarda autour de lui :

« O barde ! cria-t-il, ne t'arrête point, chante encore ! Chante, et je te donnerai pour récompense tout l'or que tu voudras. Viens jusque dans mon palais, et chante sur la route, car même pour un instant, je ne puis me passer de t'entendre ! »

Mais la forêt resta silencieuse. Seul le vent de la nuit répondit au jeune homme en jetant à ses pieds quelques feuilles sèches.

« Viens ! cria-t-il avec impatience. Montre-toi, ou je ferai, ce soir même, fouiller la forêt par mes gardes qui t'amèneront pieds et poings liés devant moi ! »

Mais rien ne répondit à sa colère, que le craquement de l'écorce et la chute des branches mortes.

« O poète, qui que tu sois, aie pitié de moi ! Je ne vivrai plus sans ton harmonie, supplia le prince à genoux. Viens ! ou si tu veux rester ici, chante encore, et j'y resterai avec toi, car t'entendre, c'est plus que vivre et c'est plus que régner. »

Mais à ce dernier appel, rien ne répondit que le cri funèbre de l'orfraie, et le jeune roi, désespéré, rentra seul au palais, désormais vide pour lui.

II

Ce fut en vain que les courtisans essayèrent, pendant les jours qui suivirent, de dissiper la mélancolie de leur maître. Ils se demandaient l'un à l'autre quel mystère s'était révélé à lui, ou quel drame s'était passé, pendant sa longue et solitaire promenade. Ils multiplièrent autour de lui les distractions, ils voulurent l'occuper des affaires du royaume : vains efforts ! Le roi était de jour en jour plus sombre et plus abattu. Sa vigueur s'épuisait, comme celle d'un jeune chêne mordu par un ver à ses racines. Déjà la mort semblait l'avoir marqué au front.

Tous les jours, à des heures différentes, il retournait dans la forêt. Mais l'automne était venu ; chaque jour les sentiers devenaient moins visibles sous l'entassement des feuilles mortes ; la joyeuse république, qui l'avait reçu au nombre de ses citoyens, devenait un cimetière où la mort s'étalait crûment, sans le mystère et la poésie dont, en été, la vie s'enveloppait.

Et le barde n'était point revenu.

Avec l'hiver, le roi cessa ses promenades quotidiennes, pour lesquelles, d'ailleurs, les forces commençaient à lui manquer. Et pendant de longues heures il restait immobile, comme obsédé par un souvenir ou par un rêve : c'était quelque fragment de l'inoubliable mélodie qui le hantait !

Un jour ses serviteurs s'approchèrent de lui :

— Sire, lui dirent-ils, votre vie est en danger, vous portez un secret qui vous tue, et si vous ne parvenez pas à l'oublier, ou à satisfaire la passion qui vous ronge et dont nous ne connaissons pas l'objet, ce sera fait de vous en peu de temps.

— Mourir, répondit le roi avec un triste sourire, ah ! cela me serait doux, si j'étais sûr d'entendre dans la tombe… Mais non, elle est plus silencieuse encore que la forêt. Eh bien ! reprit-il, en se redressant, je ne mourrai point sans avoir fait un effort pour retrouver la vie. Ecoutez, et obéissez : qu'une fête extraordinaire soit préparée, à laquelle seront invités tous les poètes, musiciens et chanteurs de mon royaume et de tous les royaumes. Qu'ils y viennent avec leurs meilleurs instruments et leurs plus belles harmonies, et qu'ils sachent qu'un prix considérable, une fortune royale sera la récompense de celui dont les accents me guériront. Allez !

Les ministres s'inclinèrent et procédèrent rapidement à l'exécution de ces ordres.

III

Lorsque arriva le grand jour où devait avoir lieu ce concours universel, la capitale et ses faubourgs regorgeaient d'artistes, accourus de tous les bouts de la terre. On n'entendait, à tous les carrefours, que le bruit de voix qui s'essayent et d'instruments qui s'accordent. Que d'aubades et de sérénades aux oreilles des bons bourgeois !

Des juges compétents, choisis par le prince, ne tardèrent pas à démêler les vrais talents au sein de cette discordante cohue. Un premier choix donna une centaine de sujets, tous fort habiles, tous dignes de charmer le roi, s'ils n'étaient capables de le guérir. Mais ce nombre était trop élevé encore, et par un examen final, six concurrents obtinrent de se présenter devant la mélancolique Majesté.

Couché sur son lit de parade, le jeune prince apprit sans grande joie que, parmi les milliers de bardes que son appel avait attirés, six avaient été choisis par les juges du concours comme capables de lui faire oublier, par leurs supérieures harmonies, le chant qu'il avait entendu dans la forêt.

— L'oublier, répondit-il au serviteur qui lui apporta cette nouvelle, ce n'est pas cela que je veux ; c'est l'entendre encore ! Je mourrai si, parmi les six, ne se trouve celui qui chantait, invisible, dans mon trop court sommeil.

On fit donc entrer les musiciens.

Le premier qui se présenta tenait entre ses mains une lyre agreste, tout enguirlandée de fleurs des champs, et dont les cordes étaient faites des frêles fibres du roseau. Il chanta la nature, les saisons et les plaisirs rustiques, et le roi tressaillit, car dans ce chant suave et frais il retrouvait, par échappées, le motif de l'hymne mystérieuse. Le barde s'exaltait par degrés ; bientôt, en véritable artiste, il oublia le roi, l'imposante assemblée, il s'oublia lui-même, et les auditeurs, ravis, se disaient que jamais plus belle harmonie n'avait pu se faire entendre… Mais l'on vit tout à coup les fleurs de la lyre pencher la tête et se flétrir, et sous les doigts du chanteur les cordes se brisèrent toutes à la fois. Et tandis que l'artiste, honteux, se retirait en silence, le roi retombait sur sa couche, avec un long soupir.

La lyre du second barde était faite d'ivoire, et les cordes étaient des fils longs et soyeux, de fins cheveux d'enfant ou de femme. Il chanta l'amour, la joie suprême des affections partagées, les pures délices du foyer. Le roi fut ému ; mille images gracieuses flottaient devant lui, et dans ce chant comme dans le premier il retrouvait des réminiscences de l'hymne inoubliable… Mais, soudain, les fils se rompirent, et le chant expira sur les lèvres du barde, dont la lyre, échappant de ses mains, se brisa sur les dalles.

— Hélas ! murmura le roi, ce n'est pas encore cela !

L'aspect du troisième barde, que l'on introduisit aussitôt, contrastait avec celui de ses deux compagnons. Grave et solennel, il portait une lyre d'ébène, constellée d'étoiles de diamant qui brillaient d'un vif éclat. Les cordes, traversées par un fluide électrique, semblaient être de flamme. Il chanta les mystères de la nature, les lois éternelles découvertes par l'esprit humain, les merveilles des cieux, les secrets de l'Océan, tout ce que pèse, compte et dissèque la science. Son chant s'élevait, majestueux, dans un profond silence ; une auguste sérénité s'en dégageait ; mais le roi, tout pensif, cherchait dans ces larges accords une note, la note dominante de l'hymne qu'il avait entendue dans la forêt… Cette note ne s'y trouvait pas. Et bientôt les cordes phosphorescentes s'éteignirent lentement ; les diamants brillèrent d'un feu sombre, puis s'éteignirent à leur tour, et le chanteur emporta tristement sa lyre noire et muette.

Le roi n'eut pas la force de faire un signe, mais le quatrième barde fut appelé.

Celui-ci s'avança d'un pas ferme et délibéré, avec une lyre d'acier dont les cordes étaient d'airain. Il chanta la gloire des ancêtres, les héros des siècles passés, les conquêtes par lesquelles fut fondée la patrie. On entendait, dans ses accords puissants, sonner les fanfares et les sabots des chevaux retentir sur le pavé des villes incendiées. Une flamme passa dans les yeux du roi, il chercha de l'œil son épée, et déjà les soldats qui l'entouraient s'apprêtaient à le suivre dans quelque campagne glorieuse… Cependant, le barde ne jouait plus qu'avec peine de son dur instrument, l'effort et la douleur se trahissaient sur son visage, et ses doigts ensanglantés par les cordes d'acier laissèrent enfin tomber la lyre, qui rendit un son sinistre en frappant le sol.

La flamme s'éteignit dans les yeux du roi.

L'espoir des courtisans s'évanouissait. Cependant ils firent approcher le cinquième barde.

Celui-ci se présenta en dansant et en agitant des grelots attachés à ses vêtements. Il tenait une lyre étrange, faite de bois doré, avec des cordes d'or, d'argent et de cuivre. Il chanta le plaisir, la coupe enivrante, les vulgaires jouissances des sens. Mais, malgré la beauté de sa voix et la gaieté de ses mélodies, l'accompagnement en était si bizarre, les sons qu'il tirait de sa lyre si discordants, que le roi fit bientôt un geste de fatigue et de dégoût.

« Qui donc, demanda-t-il, s'est imaginé qu'un pitre pût me faire oublier le barde divin ? »

Découragés, les serviteurs du roi n'osaient faire approcher le dernier concurrent. Mais celui-ci s'avança tout seul ; ses vêtements étaient sombres et sa lyre était enveloppée d'un voile noir. Il chanta la douleur, le désespoir et la mort. Chant sublime dans lequel vibrait la plainte de tous les siècles, où lentement défilèrent toutes les mornes agonies que le soleil et les étoiles contemplent, jour et nuit, sur notre terre désolée... Le roi écouta farouche, le sourcil froncé. Cette mélodie lui plaisait ; non, certes, qu'elle lui rappelât celle qu'il avait entendue dans la forêt, mais justement parce qu'elle en était l'opposé. Il éprouvait une sorte de volupté à boire les eaux amères de la désillusion. L'hymne funèbre se prolongea, la même monotone mélopée se répéta à l'infini, jusqu'à ce qu'enfin la voix devint traînante, plus plaintive encore, et s'éteignit dans un sanglot.

Le roi retomba sur ses oreillers. Il ne lui restait plus qu'à mourir.

IV

Un serviteur entra.

— Il y a dans la rue, dit-il, un homme qui insiste pour être introduit devant Sa Majesté. Il dit être un barde venu de loin, et se prétend capable de guérir le roi.

L'un des ministres alla voir cet homme, mais il revint presque aussitôt.

— C'est un mendiant, dit-il, ou un fou. Il est couvert de poussière, et ne peut être admis en la présence de notre souverain.

Mais le prince avait ouvert les yeux :

— Que m'importent, à cette heure, les vaines apparences ? Faites entrer cet étranger.

On appela donc le nouveau venu ; les six concurrents, pleins de curiosité et d'envie, demandèrent à rester pour l'entendre, mais l'inconnu refusa d'entrer si on ne le laissait seul avec l'auguste malade. Celui-ci fit sortir tout le monde, et, sur le seuil de la chambre, les courtisans et les musiciens congédiés se croisèrent avec l'étranger. Ils lui jetèrent un regard dédaigneux :

— Le roi a perdu la tête, dirent-ils tout bas, à l'aspect du nouveau chanteur.

Il était, en effet, pauvrement vêtu, et ses pieds nus et meurtris montraient qu'il venait de loin. Il portait un objet mystérieux, un instrument fort lourd, formé de deux pièces de bois épineux, clouées l'une sur l'autre en angles droits.

Quand la porte se fut refermée, l'inconnu laissa reposer son étrange lyre sur le sol, et chanta. Dès les premières notes, le roi fut saisi. C'étaient bien là les accents ineffables entendus dans la forêt ! C'était la même harmonie où se retrouvaient, avec la même ampleur, les échos de toutes choses, et cette note surhumaine qui manquait aux autres chanteurs ! Mais le cri de joie qu'il allait pousser expira sur ses lèvres, car, ô merveille, le Barde se surpassait. Ce n'était plus seulement le chant de l'oiseau et le bruit des vagues, le grondement des tempêtes et le murmure des ruisseaux, le chœur lointain des cieux et des étoiles, toutes les voix de la mystérieuse création — ce n'était plus seulement la note sacrée qui semblait descendre du trône de Dieu, pour se mêler au concert de la nature, — c'était, au-dessus de tout cela, une note nouvelle, inouïe, profonde et vibrante, et qui semblait sortir du cœur même de l'Éternel. Le barde chantait Dieu visitant la terre et ses fiançailles avec l'humanité ; il chantait le triomphe de la lumière et de l'amour. Et tandis que ses doigts frémissaient sur les cordes invisibles, une sueur sanglante perlait sur son front ; sa vie s'écoulait avec son chant ! Les cordes de sa lyre, c'étaient les fibres de son cœur…

Lorsque, enfin, il s'arrêta, le roi était à genoux, prosterné, aux pieds du barde :

— Oh ! merci, s'écria-t-il, merci d'être revenu ! Ah ! pourquoi m'as-tu laissé si longtemps ? Du moins, maintenant, je ne te laisserai point aller. Chantre béni, j'abandonnerai pour te suivre ma couronne et ma patrie, je serai pèlerin et voyageur comme toi. Mais, dis, ne veux-tu pas rester ici ? Tout ce que j'ai t'appartient, dispose en maître de ce palais et de moi-même ! Que je puisse seulement entendre chaque jour ta divine harmonie.

Mais le barde répondit :

— Je ne puis rester ici, car d'autres lieux m'attendent : moi aussi je suis roi et je dois retourner dans mon royaume. Tu ne peux me suivre pour le moment, il faut que je te laisse seul.

— Ah ! pourquoi donc, gémit le jeune prince, pourquoi t'ai-je rencontré ? J'eusse vécu heureux si je ne t'avais entendu dans la forêt, et je serais mort si tu n'étais revenu aujourd'hui. Pourquoi m'empêches-tu à la fois de vivre et de mourir ?

— Tu vivras et tu seras heureux, bien plus, tu donneras le bonheur. Je pars, mais je te laisse ma lyre, dit le barde en montrant le bois rugueux qu'il avait apporté, à condition que tu ailles, comme moi, de ville en ville, pour faire entendre à tous l'hymne divin que je t'ai enseigné.

— Mais je ne saurai pas en jouer, je ne saurai pas chanter comme toi !

— Essaie, dit le Barde en souriant.

Le jeune homme appuya ses mains fines et délicates sur le bois grossier. O prodige ! il en tira des sons tout pareils à ceux qu'en avait fait sortir le musicien, et sur ses lèvres naquirent, comme d'elles-mêmes, les notes du chant céleste. Il n'avait pas encore l'inimitable perfection du Maître, mais en s'essayant à l'imiter, l'élève éprouva une joie presque égale à celle que lui avait procurée le Barde divin.

Celui-ci disparut.

Quand les serviteurs du roi entrèrent, ils le trouvèrent seul, le visage radieux, serrant sur sa poitrine, sans craindre les sanglantes morsures des épines, l'instrument laissé par l'étranger : une lyre en forme de croix.

Anhélia, l'île sans soleil

I

A UNE LONGITUDE ET À UNE LATITUDE que nous n'avons pu exactement déterminer, existe une île assez vaste qui s'est trouvée longtemps dans d'étranges conditions climatériques. Le soleil n'y brillait jamais. De temps immémorial, un nuage gris avait couvert le ciel jusqu'aux limites de l'horizon, ne laissant passer qu'une lumière blafarde. Jamais d'éclaircie, jamais de déchirure à cet immense linceul.

Lorsque mai joyeux, sur le fond vert de nos prairies, brode en lettres d'or le nom du Créateur, là-bas tout restait dans le même état. Une maigre verdure couvrait la plaine, où paissaient des fantômes de troupeaux. Mais rien n'avait la force de s'épanouir et de mûrir sous ce brouillard éternel. Aussi les habitants étaient-ils hâves et rachitiques, et l'on pouvait prévoir la fin prochaine de leur race.

Il existait parmi eux des traditions confuses, qui parlaient d'une époque lointaine où le ciel était brillant et la terre fertile. Cela remontait bien haut, très haut, aux temps où leurs premiers ancêtres avaient abordé l'île, jusqu'alors déserte. Mais un cataclysme s'était produit et l'âge d'or avait disparu.

Les conditions malheureuses de leur existence n'empêchaient pas les Anhéliens d'être intelligents. C'étaient des êtres raisonnables, mais surtout raisonneurs. Plus leur vie était misérable, plus ils semblaient portés vers les spéculations scientifiques; c'est ainsi qu'ils se consolaient de leurs maux. Leurs historiens compulsaient sans relâche les annales, les légendes, les moindres vestiges du passé, les uns, pour prouver que l'âge d'or avait existé; les autres, que c'était une superstition. Leurs physiciens avaient, longtemps avant nous, inventé l'aérostat, et s'élevaient dans les airs pour sonder le mystérieux nuage… Mais le nuage semblait infini en profondeur comme en surface, et les aéronautes découragés descendaient toujours sans avoir vu autre chose que les brouillards. Quant à la navigation, elle leur était interdite. L'île était entourée de tant de récifs, de courants et de vents contraires, que tout essai de ce genre eût été une mort certaine. Quelques audacieux s'étaient risqués sur les flots, mais n'étaient plus revenus. Aussi l'Océan avec ses sanglots était-il, en leur langage, un synonyme de la mort, de même que ce voile toujours gris d'où tombait sur eux, comme des pleurs, une morne et froide pluie.

La grande question qui se débattait entre les savants et même entre les gens du peuple était celle-ci : « Qu'est-ce que la lumière ? » Et la dispute était si ardente, qu'on avait vu plusieurs guerres civiles s'allumer entre gens d'opinion différente. Ce qu'on avait écrit de livres et de brochures, prononcé de discours sur ce sujet, était effrayant. Hélas! tous les arguments de la dialectique, tous les efforts de l'éloquence, tout le sang répandu, avaient été impuissants à ouvrir le ciel et à révéler le grand secret qu'il renfermait.

Trois écoles principales, sans compter une foule de doctrines particulières et de sectes, se partageaient la population d'Anhélia.

La première disait : « La lumière vient des yeux, cela est évident, puisqu'on voit ou qu'on ne voit pas, selon qu'on les ouvre ou qu'on les ferme. L'organisme sécrète la lumière, comme il sécrète le sang, la sueur, les larmes. Chacun de nous porte en soi une source de clarté. » La seconde répliquait : « Oui, la lumière est en nous, mais elle est aussi en toute chose. C'est une substance répandue dans l'air, dont elle est un élément essentiel, et qui imprègne tous les corps et les pénètre à des degrés différents. Tout ce qui se voit est lumineux, tout porte en soi la lumière. »

Les deux opinions paraissaient également plausibles, mais on leur faisait une objection insoluble : « Si la lumière vient des yeux, d'où vient qu'on n'y voit pas à minuit, même en ouvrant les yeux tout grands ? Et si tous les objets sont lumineux, d'où vient qu'ils cessent de l'être le soir ? La lumière paraît et disparaît à intervalles réguliers, indépendants de nous et des objets qui nous entourent : elle a donc une existence séparée, indépendante, supérieure, et la régularité avec laquelle elle se montre et se cache semble indiquer qu'elle est dirigée par une intelligence et une volonté... » A cela les docteurs des deux premières écoles n'avaient rien à répondre.

Un troisième système affirmait que la lumière n'existe pas plus que les ténèbres. Tout est un rêve : les prétendus voyants ne sont que des visionnaires ; la lumière n'est qu'un phénomène cérébral. A ceux-là, il n'y avait rien à dire, sinon qu'ils étaient insensés. On ne discute pas avec des gens qui nient l'évidence de leurs propres sens.

Mais nous n'en finirions pas si nous voulions seulement mentionner toutes les hypothèses saugrenues inventées par l'ignorance des habitants d'Anhélia. Essayons d'imaginer nous-mêmes par quoi nous remplacerions le soleil, si nous ne l'avions jamais vu. Quel homme aurait pu s'en faire une idée ? En face de tous ces mondes dont la multitude se révèle à nous dans les nuits étoilées, qui ne sent que l'esprit humain, dans ses plus vastes et ses plus hardies conceptions, n'aurait jamais approché de la réalité ?

Cependant ce peuple, toujours plus misérable, s'en allait peu à peu, et toutes ces discussions savantes ou passionnées ne lui rendaient pas la vie.

II

Un jour, pour la première fois, on vit dans l'île un étranger. Il avait, on ne sait comment, abordé ce rivage mortel, et l'on voyait bien qu'il venait de loin, car son aspect présentait un parfait contraste avec celui des Anhéliens. Tous le virent avec étonnement, beaucoup avec envie, car il était si beau que leur rachitisme et leur laideur éclatèrent soudain à leurs propres yeux.

Pourtant, il était simple et modeste, se laissait aborder par tous. Il voyagea dans les différentes parties de l'île et sur son passage la foule accourait. « D'où viens-tu ? » lui demandait-on Et lui répondait : « Je viens du pays de la lumière. »

A cette parole, bien des gens disaient : « Ce doit être vrai. Il doit venir d'un pays meilleur que le nôtre, car où trouverait-on parmi nous un homme pareil ? » Les chefs du peuple entendirent ces propos, et devinrent jaloux de l'étranger. Cependant les docteurs se moquaient de lui :

— Tu viens, dis-tu, du pays de la lumière ? Mais nous y sommes ! Où s'en occupe-t-on plus que chez nous ?

— Vous en parlez, leur disait-il, mais vous ne la connaissez pas. Savez-vous d'où elle vient, lorsque, au matin, les ténèbres se dissipent ? Savez-vous où elle va, lorsque la nuit descend sur la terre ? Vous en parlez, mais moi je l'ai vue ! Pauvres gens ! Le plus petit de mes compatriotes est plus savant que vous sur cette question-là.

En entendant ces paroles, les docteurs, sans distinction d'écoles et de sectes, furent hors d'eux-mêmes. Quoi ! toutes leurs théories ne valaient rien ; ce nouveau venu, cet intrus, avait l'audace de le leur dire ! Et il devenait populaire ; son air de franchise, sa bonne mine et sa simplicité lui gagnaient tous les cœurs. Ils se consultèrent avec les chefs : « Il est temps, dirent-ils, de nous en débarrasser ! »

Lui continuait ses voyages, et de ville en ville, de village en village, il annonçait une bonne nouvelle : « Croyez-moi, disait-il, les nuages ne sont pas éternels ; un jour le vôtre disparaîtra ! C'est toujours à la lumière que doit rester la victoire. Espérez, levez les yeux en haut ! bientôt vous verrez paraître le Roi du jour. Et lorsqu'il brillera sur vous, vous serez transformés. Un sang nouveau courra dans vos veines, vous serez vigoureux et vos enfants le seront plus que vous encore. Votre terre même fera place à une terre nouvelle. Des fleurs brillantes naîtront sous vos pas, et, la nuit, d'autres fleurs écloront sur vos têtes. Vos tempêtes cesseront, vous pourrez affronter l'océan et partir pour les pays lointains d'où je suis venu. »

A ces paroles, beaucoup reprenaient courage. L'âge d'or allait donc revenir ! Seuls, les principaux refusaient de le croire.

« Puisque tu viens du pays de la lumière, lui dirent-ils un jour, explique-nous ce qu'elle est. »

Ils posaient cette question pour l'embarrasser, car ils ne pouvaient imaginer qu'il en sût plus long qu'eux.

Alors il leur expliqua les mystères du ciel. Il leur dit qu'au-dessus du grand linceul gris qui les enveloppait, roule un globe de flamme appelé le soleil, auprès duquel la terre entière n'est qu'un astre minuscule. Il leur dit que ce soleil, conduit par une main mystérieuse, marche depuis des siècles sans nombre dans l'espace sans bornes, entraînant avec lui d'autres globes dont il est la vie. Il leur parla avec autorité de ces choses, mais ils ne les comprirent point.

« Un globe de feu plus grand que la terre! disaient les uns, mais il nous consumerait! »

« Un globe autour duquel nous tournons, disaient les autres. Voilà qui est absurde, car je sens bien que le sol est immobile! »

Et tous ensemble : « Tu es un imposteur! Tu as voulu nous tromper! » Mais lui ne s'émut point : « Je dis vrai, répondit-il. Je ne puis en donner d'autres preuves que celle-ci : moi-même. J'ai vu le soleil, et le soleil m'a regardé. Ne voyez-vous pas en moi les effets bénis de sa lumière? Je vis, et vous êtes en train de mourir. Ah! pauvres gens! Au lieu de tourner contre moi votre colère, unissez-vous pour demander à Dieu d'écarter le nuage et de vous montrer son soleil! »

Quand ils l'entendirent parler ainsi, tous se levèrent pleins de rage et dirent : « Il insulte notre gloire et notre pays. Il prétend nous enseigner et nous gouverner. A mort le tyran, à mort l'imposteur! »

Et, avec la complicité du peuple, toujours mobile dans ses sentiments, ils le traînèrent hors de la ville et le tuèrent sur un coteau.

III

Cependant tous les habitants d'Anhélia ne furent pas meurtriers. Beaucoup avaient aimé l'étranger, et, sans les comprendre, avaient reçu avec joie ses paroles. Ceux-là pleurèrent sa mort pendant trois jours.

Un matin, ils se mirent en route pour aller visiter sa tombe à peine fermée. O prodige ! tandis qu'ils y allaient (c'était l'heure où la nuit se retire devant les blanches lueurs de l'aube), ils aperçurent, s'élevant au-dessus de la colline, un orbe glorieux, qui couvrit de sa splendeur le sépulcre, et le lieu du supplice, et toutes les campagnes à perte de vue. Pour la première fois, le soleil avait lui sur l'île maudite ! Cela ne dura qu'un instant. Mais ils gardèrent dans les yeux la sublime clarté qu'ils avaient entrevue. Ce premier rayon laissa sur leurs fronts une auréole. Ils virent dans cette apparition fugitive la promesse du jour définitif ; ils l'annoncèrent à leurs compatriotes, et depuis lors on voit chaque matin une multitude toujours plus nombreuse lever les yeux au ciel pour attendre le Roi du jour.

Lecteur, cette île, c'est la terre ; ce nuage, c'est le péché, qui nous cache le ciel ; le soleil absent, dont nous ne recevons qu'indirectement la lumière, c'est Dieu.

Dieu ! on le discute, on le nie, parce qu'on ne le voit pas. Et faute de le voir les hommes meurent, tout savants qu'ils sont ; car comme un corps ne vit pas sans soleil, un esprit ne vit pas sans Dieu.

Et l'étranger, venu du pays de la lumière qui, est-il? C'est Jésus-Christ, qui est venu sur la terre, de la part de Dieu. Que dis-je? Il est Dieu lui-même, la lumière éternelle qui était avant toutes choses, et par qui toutes choses ont été faites. « La lumière est venue dans le monde, mais les hommes ont préféré les ténèbres à la lumière, parce que leurs œuvres étaient mauvaises. »

Cette lumière a éclaté à tous les regards non prévenus, quand le Christ, déchirant le voile, est mort sur la croix pour le péché du monde, quand il est ressuscité pour notre justification. Car c'est alors que Dieu s'est révélé dans sa justice et dans son amour, c'est là que tout homme a pu voir les perfections divines que la nature ne nous révèle pas : sa sainteté parfaite et sa miséricorde infinie!

La résurrection du Christ, c'est le premier rayon du jour éternel. Ce n'est pas encore le soleil apparaissant dans toute sa gloire, mais c'est la promesse et la garantie de cette apparition. Ah! lorsque se lèvera ce Soleil de Justice, ayons les yeux fixés en haut pour l'attendre et pour l'adorer!

Les souvenirs du vieux sergent

I

Il est midi et l'on est en juillet. Dans la salle basse où les soldats attendent leur tour de faction sous les ordres du vieux sergent Romillard, la chaleur est étouffante. En vain, de temps en temps, l'un des hommes va-t-il remplir la cruche à la fontaine voisine, pour en arroser les dalles brûlantes ; il semble que l'eau se transforme en vapeur. Les mouches bourdonnent dans la vive clarté du soleil qui entre par la fenêtre dépourvue de volets, et les moustiques se joignant à ce concert, harcèlent les malheureux troupiers qui, étendus sur la planche ou accoudés sur la lourde table, essaient vainement de dormir.

Au moins, s'il était possible d'ôter l'épaisse tunique, l'incommode fourniment ! Mais la consigne n'autorise pas même un tour de moins à la cravate. Le sergent Romillard, un *briscard* à trois chevrons, permet à peine que l'on ôte son shako, et avec lui, il n'y a pas à plaisanter !

Les plus érudits dans le corps de garde, j'entends ceux qui savent lire, essaient de tuer le temps en parcourant la « saine littérature » que le gouvernement offre en pâture à leurs loisirs. On trouvait, il y a quelques années, dans presque tous les corps de garde, un petit assortiment d'ouvrages soigneusement examinés par l'autorité militaire. La plupart sortaient de la célèbre librairie Marne, de Tours ; voici le titre de ces ouvrages remarquables : *la Couronne de Marie*, histoire véritable ; *le Martyre de Saint-Maximin* ou encore l'*Histoire de saint Louis, roi de France...* Mais aux bâillements prolongés des lecteurs, il est aisé de voir que cette saine littérature les intéresse médiocrement.

Le caporal Taraud, un artiste, se récrée en dessinant sur la couverture de l'un de ces ouvrages un profil... On y reconnaît le vieux sergent lui-même, avec ses moustaches et sa barbiche à la vieille garde. Mais le portrait n'est pas flatté... c'est du moins ce que semble penser l'un des malins de l'escouade, qui regarde le dessin par-dessus l'épaule du caporal.

Peu sensible aux beautés de la littérature et à celles de l'esthétique, l'un des soldats, un Parisien à la voix flûtée, s'adonne au plaisir de la musique. Il a tiré de sa poche une feuille de chansons, usée et salie aux plis, et fredonne quelques airs ; mais il fait si chaud que la voix lui manque, et il ne tarde pas à se taire, au grand contentement de ceux qu'il empêche de sommeiller.

II

L'heure de relever le factionnaire a sonné. Celui dont le tour est venu saute à bas de la planche, essayant de secouer sa torpeur et de remettre en ordre les plis de sa tunique. Il décroche son fusil et sort, précédé du caporal.

Quelques minutes se passent; le caporal revient accompagné du soldat qu'il a relevé de sa faction.

— Te voilà, Manivet, s'écrie le Parisien railleur, tandis que l'homme se décharge de son sac et de son fusil. Je te croyais fondu dans ta guérite.

Manivet ne répond pas, mais, saisissant la cruche, il appuie le doigt sur le goulot et laisse tomber dans son gosier une lampée rafraîchissante.

— Tu vas te griser! crie le Parisien.

Pendant ce temps, le vieux sergent est demeuré impassible, tout près de la table. Un vrai type, ce vieux sergent! Figure bronzée, gravée de la petite vérole, avec de petits yeux qui percent comme des vrilles et un grand nez au-dessous duquel sa moustache et son impériale font l'effet d'un point d'orgue.

— Berthaud, dit-il au Parisien quand le soldat eut fini de boire, prenez la cruche et allez l'emplir. Ça vous apprendra à vous moquer des camarades.

Berthaud sort au milieu d'un rire général. Manivet, désaltéré, s'assied près de la table et tire un livre de sa poche.

— C'est vrai qu'il faisait chaud, mais tout de même j'ai eu de la chance. Figurez-vous qu'une dame s'est approchée de moi...

— Pour te prêter son éventail ? interrompt l'un des troupiers.

— Etait-elle jeune ? demande l'incorrigible Parisien, qui vient de rentrer sa cruche à la main.

— Laissez-moi donc parler, saperlote. Cette dame m'a fait cadeau d'un petit livre. Tenez, qu'elle m'a dit, ça vous distraira. Je n'ai pas eu le temps de dire merci qu'elle était déjà partie.

Le sergent Romillard a relevé la tête.

— Jeune soldat, dit-il, vous connaissez la théorie ?

— Un peu, sergent.

— Et vous ne savez pas qu'un militaire en faction ne doit ni se laisser approcher, ni recevoir quoi que ce soit, ni rien dire à personne, sinon à l'officier de ronde ou au chef de poste ?

— Mais, sergent...

— Soldat Manivet, vous aurez deux jours de salle de police !

— Attrape, mon vieux, dit le malicieux Parisien. Ça t'apprendra à emprunter l'éventail des dames, quand tu as trop chaud en faction.

Le sergent avait tiré son calepin, et de sa meilleure écriture y écrivait la mention suivante :

Deux jours de salle de police au soldat Manivet pour avoir, étant en faction, reçu un cadeau d'un civil.

Comme il répétait à demi voix ce qu'il venait d'écrire, le caporal se permit une observation :

— Excusez-moi, sergent ; mais ce n'est pas *un civil*, puisque c'est une dame.

— Une civile alors ? souffla le Parisien.

Le sergent regarda fixement Berthaud, qui tourna le dos prudemment, puis, considérant de nouveau son chef-d'œuvre, il ferma son calepin et le remit dans sa poche.

Manivet, en colère, eût volontiers jeté son livre par la fenêtre, mais les camarades, curieux de voir quel ouvrage on lui avait donné, l'en empêchèrent.

— Fais voir ça, dit Berthaud. C'est peut-être des chansons.

— Ou un roman, dit le caporal. Ça serait fameux pour nous faire passer l'après-midi.

— Oui, un roman à la mode de celui-là, *la Couronne de Marie*, de quoi nous abrutir un peu plus, si nous ne l'étions pas assez.

— Juste, s'écria le Parisien. Le Nouveau Testament de Notre Seigneur Jésus-Christ… En voilà une attrape ! Pour sûr, mon vieux, ce n'était pas la peine de te faire *mettre au bloc* pour si peu. (Le *bloc*, dans l'argot des casernes, signifie la salle de punition.)

— Un testament ? dit l'un des militaires illettrés. C'est peut-être un héritage que cette dame va te laisser ?

Tout le monde rit de la plaisanterie.

— Allons, tiens, voilà ton livre de messe. Tu liras ça pour te rendre sage, dimanche, à la salle de police.

Manivet, plus furieux que jamais, allait décidément jeter le livre au milieu de la rue. Cette fois le sergent l'en empêcha.

— Qu'est-ce que vous dites donc, vous Berthaud ? Vous parlez de ce livre-là, comme si vous l'aviez lu…

— Moi ! jamais.

— Alors, pourquoi dites-vous que c'est un livre de messe ?

— Mais ça se voit rien qu'à la couverture… Ça parle de Notre Seigneur Jésus-Christ

— Allons, vous n'êtes pas si malin que vous en avez l'air. Ce livre-là, jeunes gens, vaut la peine qu'on le regarde. Je ne crois pas qu'il y en ait un autre dans le monde qui vaille autant que lui.

— Ah ! pour ça, sergent, vous me permettrez de ne pas être de votre avis. J'aimerais mieux un livre de chansons.

— Ou un roman de Paul de Kock, insinua le caporal.

— Tout ça prouve que vous êtes des têtes sans cervelle, dit le vieux sergent. Je voudrais bien savoir à quoi vous serviraient vos chansons et vos histoires si vous étiez sur le point de passer l'arme à gauche.

A ce mot tout le monde devint sérieux. On savait que Romillard avait fait la campagne de 1870, et qu'il avait vu la mort de près, sa médaille en faisait foi. On ne pouvait donc le supposer poltron, ni faire le brave devant lui.

— Pour sûr c'est un mauvais quart d'heure, dit Berthaud, mais je ne vois pas comment ce petit livre nous le ferait passer plus agréablement. Ma foi ! quand il faut mourir, tout le monde fait la grimace, aussi bien les cagots que les autres.

— Vous avez raison, répondit le sergent. Mais ça dépend de ce que vous entendez par cagots. Moi j'ai connu un homme qui serait mort comme un peureux et qui a trépassé en brave, rien que pour avoir eu ce petit livre-là dans sa poche.

— Contez-nous ça, sergent ! s'écria le caporal Taraud, toujours avide d'histoires.

Tous les soldats se rapprochèrent de la table et le vieux Romillard, trop ému par ses souvenirs pour être flatté de l'attention qu'on lui prêtait, commença ainsi son récit.

III

Nous étions à Paris, pendant le siège. J'étais caporal alors et j'avais dans mon escouade un petit blondin, un Lyonnais, qui n'avait que dix-huit ans. C'était, comme on dit, une tête brûlée ; il s'était engagé pour la durée de la guerre. Il se battait bien, rigolait toujours, il était le boute-en-train de la compagnie.

Nous étions enfermés depuis quelques semaines déjà, et réduits à la viande de cheval. On ne recevait plus de nouvelles de la province et chacun, même les plus âgés, commençait à trouver le temps long. On a toujours au pays un père ou une mère, ou peut-être bien une promise, et quand on ne sait pas ce qu'ils deviennent, quand on pense que l'ennemi est peut-être au village, qu'il dévalise à cette heure votre maison, sans compter les mauvais traitements… Vous comprenez, ce n'est pas gai…

Joanny, le Lyonnais, ne se mettait pas en peine de ça. — « Jamais les Prussiens ne seront à la Croix-Rousse, disait-il, les *canuts* sauront bien les empêcher d'y monter. Et puis, vive la joie ! ça ne sert à rien de se faire du mauvais sang. »

Et il mangeait sa viande de cheval comme si ç'avait été du poulet, quand même elle fût parfois bien dure.

Un jour nous fûmes de sortie. Nous étions campés à la barrière du Trône, et nous devions attaquer en sortant par la porte de Vincennes. Le Lyonnais aimait surtout ces jours-là ; on aurait dit qu'il était enfant de la balle, tant il était content de faire le coup de feu.

« Allons, ça boulotte, » dit-il en se frottant les mains, quand nous reçûmes l'ordre de marcher.

C'était le soir ; nous devions partir au point du jour.

Je ne vous raconterai pas les mouvements. Il faudrait que vous connussiez la localité. Nous étions dans le bois de Vincennes ; les ennemis étaient de l'autre côté du bois, ils arrivaient sur nous par Saint-Maur. Leurs éclaireurs étaient à 200 mètres de nous tout au plus. On s'était mis en ordre dispersé, et chacun s'avançait en rampant.

Moi, j'étais derrière mon escouade, commandant en avant, ou en retraite, selon que les officiers nous le disaient.

La fusillade avait déjà commencé ; à travers les éclaircies du bois, on voyait briller là-bas des casques pointus ; de temps en temps Joanny en visait un qui se découvrait plus que les autres, et comme il était bon tireur, il manquait rarement son coup.

— Un de moins ! disait-il alors en rechargeant son chassepot.

Nous avancions toujours, et comme notre fusillade était bien nourrie, il était évident que l'ennemi se repliait. Ses batteries, à une grande distance, faisaient beaucoup de bruit, mais ne nous atteignaient pas, protégés que nous étions par l'épaisseur du bois.

— A la baïonnette ! crièrent alors les officiers. Nous nous relevâmes tous, prêts à nous élancer, et mettant rapidement baïonnette au canon.

— J'en embroche une douzaine! cria Joanny en s'élançant le premier.

Il n'eut pas le temps d'avancer, car à peine avait-il dit cela, qu'un coup de feu l'atteignit. Il tomba la face en avant, et son fusil roula loin de lui.

Comme je marchais à quelques pas en arrière de la ligne, je vis tomber Joanny. Les autres étaient partis; moi je ne pouvais m'éloigner sans voir si le camarade était mort ou seulement blessé.

Car j'étais comme les autres, j'aimais beaucoup ce boute-en-train. Il n'avait que dix-huit ans, moi j'avais dix ans de plus que lui; au régiment, c'est comme chez les civils trente ans de différence. Je me sentais un peu, comme son caporal et son ancien, le père de ce gamin-là.

Je m'approchai donc pour le relever. Je vis tout de suite qu'il n'était pas mort, car il *plaignait* terriblement. Je le plaçai, avec toutes les précautions possibles, au pied d'un arbre, sur la mousse. Il était blessé à la poitrine, la balle avait traversé de part en part. Il y avait peu de sang, mais la blessure était mortelle. Il faisait un peu froid, je le couvris avec ma capote.

J'avais de l'eau-de-vie dans ma gourde, je lui en fis avaler une gorgée. Il ne tarda pas à ouvrir les yeux, et me regarda d'abord d'un air étonné.

— Allons, Joanny, lui dis-je, te voilà blessé, mais ce n'est pas une affaire. Quand les camarades passeront, je te ferai porter à l'ambulance. Du courage, mon vieux! Tu sais bien qu'il ne faut pas se faire du mauvais sang…

Mais Joanny secoua la tête.

— Merci, caporal, me répondit-il d'une voix si basse, qu'elle me rendit tout *chose,* c'est pas la peine de me faire porter à l'ambulance ; mon affaire est réglée, je sens ça.

Qu'est-ce que je pouvais lui répondre ? On voyait bien qu'il avait raison, et quant à lui faire croire le contraire, j'ai toujours répugné à tromper les gens qui vont mourir.

— Ce n'est peut-être pas sûr, camarade, lui dis-je. Il ne faut jamais désespérer. Mais dans tous les cas, si je puis te rendre un service, tu sais, je suis à ta disposition. Les autres sont loin et ma foi, tant pis ! ils feront l'affaire sans moi. Je te tiendrai compagnie.

— Vous êtes un brave homme, caporal. Oui, restez avec moi, ne me laissez pas seul. Voyez-vous, ajouta-t-il plus bas encore, si ce n'était pas à vous, je ne le dirais pas. J'ai peur de mourir !

— Pauvre enfant, lui dis-je, ça se comprend de reste. Un joyeux compagnon comme toi… à dix-huit ans, c'est dur.

Je n'étais pas très fort, vous le voyez, sur le chapitre des consolations.

— Non, ce n'est pas ça, dit Joanny. J'ai peur à présent, mais j'aurais aussi peur dans cinquante ans d'ici. Caporal, croyez-vous en Dieu ?

— Parbleu ! que je répondis en me signant. Qui est-ce qui n'y croit pas ?

— Croyez-vous qu'il soit juste ?

— Certainement qu'il l'est.

— Alors je suis perdu ! dit le pauvre garçon. Ecoutez, caporal. J'ai abandonné ma mère qui est infirme et ne vivait que de mon travail, pour m'engager. Avant ça je lui ai fait toutes les peines du monde. J'ai été élevé dans la religion, mais depuis trois ou quatre ans je m'en suis toujours moqué. Est-ce que je croyais mourir sitôt ? Et voilà qu'il faut partir… pour quel endroit ? Je n'en sais rien, mais j'ai peur !

A cet endroit du récit, Berthaud était devenu sérieux, presque pâle. On eût dit que cette histoire ressemblait à la sienne.

— Moi, continua le sergent, je n'avais rien à lui dire ; seulement, je pleurais. Ça me faisait mal au cœur de voir cette jeunesse mourir comme ça, et je me serais donné des coups de poing pour être si bête, que de ne pas trouver un mot de consolation à lui dire.

— Caporal, me dit Joanny (sa voix faiblissait toujours), prenez dans mon sac un petit livre. C'est l'Évangile, le cadeau de ma mère. Lisez-moi quelque chose ; au moins si je suis perdu, je ne serai pas mort comme un païen !

Je tirai le livre et je l'ouvris. Bon, me disais-je en moi-même, comment vais-je lire ça ? Tous les livres de prières sont en latin, et je ne saurai jamais m'en tirer. Heureusement le livre était en français : le pareil de celui-là. Vers le milieu, il s'ouvrait naturellement, parce qu'il y avait une corne aux feuillets. C'est une marque que, probablement, la mère avait faite. Je lus à cette page-là…

Le sergent avait pris le Nouveau Testament et s'était mis laborieusement à chercher. Il ne réussissait pas à trouver l'endroit.

— Saint Luc, disait-il, c'est pourtant ça. Mais c'est long, saint Luc… Ah ! je me rappelle. Il y avait un X et un V en haut de la page. Cherchez donc ça vous, Taraud.

Le caporal Taraud, plus habile que le vieux sergent, n'eut pas de peine à trouver le chapitre XV, et commença à lire la parabole de la brebis perdue, et celle de l'enfant prodigue.

Tout le monde, réuni, écoutait avec attention. Le petit Parisien ne paraissait pas le moins intéressé.

— Quand j'eus fini cette lecture, reprit Romillard, je regardai Joanny. Il n'avait pas bougé de tout le temps, et maintenant il avait les yeux fermés. Si sa respiration n'eût prouvé qu'il vivait encore, je l'aurais cru mort.

Sa figure était étrange à voir. Je ne suis pas fort pour les comparaisons, mais ça me faisait penser à ces moments où l'on ne sait pas si le temps va se couvrir ou se mettre au beau, quand les nuages vont et viennent dans le ciel jusqu'à ce que le vent les chasse tous à la fois.

Tantôt il avait une expression pénible, agitée. Son front se plissait, ses lèvres tremblaient. L'instant d'après, il avait l'air de réciter une prière. Puis son visage s'éclaircissait. Je ne comprenais rien à tout cela. Je ne disais rien, ne voulant pas le troubler dans ses pensées.

— Caporal, me dit-il enfin, c'est le bon Dieu qui vous a fait lire cette histoire-là.

— C'est ta mère, lui dis-je. Il y avait une marque.

— C'est la même chose, répondit-il. Cette histoire est la mienne ; mais je n'ai plus peur de mourir, parce que je retourne auprès de mon Père. Lisez-moi donc les paroles de l'enfant prodigue :

« Je me lèverai, et je m'en irai vers mon père, et je lui dirai : Mon père, j'ai péché contre le ciel et contre toi. »

— C'est ça, c'est ça. Oui je vais me lever. Je vais y aller. Il me pardonnera, puisque Jésus-Christ l'a dit. Oh! si je pouvais aussi recevoir le pardon de ma pauvre mère!

— Je lui écrirai pour toi, si tu veux. Tiens, voici mon carnet et un crayon, dicte-moi; je lui enverrai ce que tu as à lui dire.

Ici Romillard tira son calepin de sa poche, et montra à ses auditeurs une page vieillie, écrite au crayon, où il lut lui-même ce qui suit :

« Ma chère mère,

Je suis blessé et je vais mourir. C'est le caporal qui vous écrit pour moi. Je viens vous demander pardon de mon ingratitude, de ma méchanceté, et vous dire que le bon Dieu m'a pardonné. Je meurs tranquille, mon seul regret c'est de ne pas vous embrasser... Je vous retrouverai là-haut. Pardon, ma bonne mère, et adieu.

JOANNY. »

Voilà la lettre que me dicta Joanny et que j'ai recopiée à la plume pour l'envoyer à sa mère.

— Vous lui enverrez aussi mon Évangile, me dit-il, quand j'eus fini.

Sa voix était devenue tellement faible, que je l'entendais à peine. Je lui fis prendre encore un peu d'eau-de-vie. Tout à coup il me prit par le bras :

— Caporal, cria-t-il, aidez-moi à me lever! Je vois la porte ouverte, il faut que j'entre... Il faut que je retourne vers mon Père!

Il laissa retomber sa tête sur mon épaule. Il était mort. Mais, décidément, le beau temps avait eu le dessus, et les nuages étaient partis, car jamais je n'ai vu un sourire plus beau que celui qui restait encore sur le visage de Joanny… »

IV

Le récit du vieux sergent avait produit une impression profonde. Personne n'ouvrait la bouche dans le corps de garde. Seulement, on voyait le livre passer de main en main ; Berthaud, le Parisien, le garda plus longtemps que les autres.

Ce fut Romillard qui rompit le premier le silence :

— Manivet, dit-il, en considération de ce que c'est un bon livre, je vous ôte vos deux jours, nonobstant que vous les aviez bien mérités.

Perdu et retrouvé

I

Lorsque le jeune homme fut parti, le père resta longtemps sur le seuil de la porte, les deux mains appuyées sur son bâton, immobile et pensif. Son regard plongeait dans la vallée, où la route blanche s'allongeait à perte de vue. Depuis longtemps le chariot avait disparu, et le bruit des roues n'arrivait plus à ses oreilles ; cependant le père était encore là.

Autour de lui, tout était silencieux ; les serviteurs marchaient sur la pointe des pieds, comme dans une maison mortuaire : on ne parlait qu'à voix basse, tant la douleur du vieillard s'imposait à tous.

Enfin, il rentra dans la maison. Il était resté ferme jusqu'alors ; pas une larme n'avait encore mouillé ses paupières. Quand son fils, au départ, lui avait jeté un adieu plein de froideur, le père avait répondu par un adieu plein de dignité. Mais maintenant la nature reprenait ses droits. Dans les yeux ternis du vieillard, on vit rouler de grosses larmes. Il s'assit et, pour les cacher, se voila la face de ses mains. Et le reste du jour se passa ainsi, dans le silence et la douleur.

II

Comme le soir tombait, un voyageur frappa à la porte et demanda l'hospitalité. Placée sur la grande route, à une bonne distance des cités les plus voisines, cette maison était connue de tous ceux qui passaient sur ce chemin ; ils savaient que le voyageur, quel qu'il fût, était sûr d'être bien accueilli. D'ailleurs l'Orient est la terre classique de l'hospitalité. La porte s'ouvrit donc, et le vieillard se leva pour aller à la rencontre de son hôte :

— Sois le bienvenu, étranger.

— La paix soit avec toi, répondit le nouveau venu. Et comme il arrivait au moment du repas du soir, on lui fit une place à table, où le fils aîné seul faisait bonne contenance.

Le repas fut triste : l'étranger observa la profonde douleur du vieillard, mais il était trop discret pour en demander la cause. Ce fut le premier qui rompit le silence :

— As-tu suivi la route de la vallée ? demanda-t-il au voyageur.

— Oui, répondit celui-ci.

— Et n'as-tu pas rencontré, vers le milieu du jour, un jeune homme ?...

— Un jeune homme dans un chariot ? Certainement. C'était un fort bel équipage. Quels chevaux fougueux ! Et leur maître avait l'air tout aussi fougueux lui-même. Quoiqu'il m'ait couvert de poussière de la tête aux pieds, en passant près de moi, je n'ai pu m'empêcher d'admirer sa prestance ; vraiment, un beau jeune homme !

Le père ne répondit rien pendant quelques minutes. Puis il reprit :

— Dis-moi, étranger, n'as-tu pas observé sur son visage une ombre de tristesse, comme s'il avait un regret ?

— Un regret ? Il paraissait n'avoir qu'un souci : celui d'arriver très vite, car il allait d'un train formidable. Mais pour de la tristesse, je puis vous assurer qu'il n'en avait point, car il chantait à gorge déployée en faisant claquer son fouet. Ah ! qu'on est heureux d'avoir vingt ans !

— Taisez-vous, lui dit à l'oreille le plus vieux des serviteurs, c'est son fils…

Le voyageur comprit et n'ajouta plus rien.

III

Trois mois plus tard, un autre passant demanda l'hospitalité. Celui-ci était bien vêtu ; il était accompagné de quelques domestiques et paraissait un homme de bonne compagnie.

Il s'arrêta pendant une nuit ; il assista, lui aussi, au repas du soir, et, voyant la tristesse de son hôte, il essaya de l'égayer par des récits de ce qui se passait à la ville. Le vieillard n'écoutait pas ; depuis trois mois sa douleur était la même ; la plaie n'avait pas cessé de saigner.

L'étranger racontait les fêtes auxquelles il avait assisté.

— Le roi de ces fêtes, ajouta-t-il en terminant, est un beau garçon qui n'a pas plus de vingt ans. On ne sait trop d'où il vient ; personne d'ailleurs ne s'en inquiète : l'argent n'a pas de pays. Il dépense le sien royalement. Toute la ville raconte ses folies. Il change tous les huit jours d'équipage ; je vous dirais bien ses autres fredaines, n'était le respect que je dois à vos cheveux blancs. Il faut qu'il soit très riche, ou il n'en a pas pour longtemps à mener un train pareil.

Le vieillard avait levé la tête ; pour la première fois il avait regardé son hôte en face.

« Voilà qui est étrange ! murmura ce dernier. Mais non, ce n'est pas possible. »

— Quoi donc ? demanda le maître de la maison.

— Mais oui, la ressemblance est étonnante. Je vous en prie, ne vous offensez pas de ce que je vais dire, mais plus je vous regarde, plus votre physionomie me rappelle celle du jeune homme dont je vous ai parlé. C'est bien ce regard profond, ces traits nobles...

— C'est mon fils ! cria le vieillard. Dis-moi, étranger, tu l'as vu, tu lui as parlé ? N'a-t-il jamais rien dit de son vieux père ? A-t-il devant toi exprimé ses regrets ? As-tu vu dans ses yeux la tristesse du repentir ?

Le père avait jeté ces questions tout d'une haleine. Il attendait la réponse avec anxiété. Le voyageur baissa la tête :

— Votre fils ne m'a jamais parlé de vous, répondit-il à voix basse. Cependant, il me souvient de l'avoir vu, quelquefois, se retirer à l'écart, au milieu même d'une fête ; il se cachait dans l'embrasure d'une fenêtre et regardait au dehors. A ces moments-là, il paraissait soucieux, mais, à la vérité, cela ne durait guère. Un instant après, il était plus dissipé que jamais.

— Mon fils est perdu ! s'écria le vieillard. Ah ! s'il pouvait revenir !

IV

Quelques mois s'écoulent encore. Rien n'a changé dans la noble demeure, dont la porte est toujours ouverte au passant, quel qu'il soit.

Un mendiant, vers le milieu du jour, s'arrête à cette porte hospitalière. Il hésite à frapper, mais il s'arme de courage. C'est le maître lui-même qui vient ouvrir.

— Excusez-moi, seigneur, dit le malheureux. Vêtu comme je le suis, je ne devrais pas oser me présenter devant vous.

— Tous sont les bienvenus chez moi, et les pauvres plus que les autres. Entre et repose-toi ; on lavera tes pieds que la poussière a souillés, et tu mangeras avec moi le pain et le sel.

Ainsi parla le vieillard, et le visage du pauvre homme s'éclairait tandis que ces paroles bienveillantes frappaient ses oreilles.

« Le pauvre garçon ne m'avait donc pas trompé ! s'écria-t-il. »

— Que veux-tu dire ? lui demanda son hôte, en refermant la porte sur eux.

— Je parle d'un jeune homme que j'ai rencontré ce matin, au lever du soleil. Il était assis dans un champ, près de la route, et versait d'abondantes larmes. Autour de lui des pourceaux paissaient, dont il était le gardien. J'étais déjà las, ayant marché deux heures ; j'allai donc m'asseoir près de lui ; vous savez… les pauvres fraternisent vite. Je ne suis qu'un mendiant, mais je n'ai pu m'empêcher d'avoir pitié du pauvre garçon. Il était si maigre, si hâve !… J'avais un morceau de pain sous le bras ; il a jeté de ce côté des regards si affamés, que je lui ai tout donné ; je n'avais plus faim. Il fallait le voir dévorer! Et ce qu'il y a de pire, c'est qu'il n'avait pas du tout l'air d'être habitué à sa misère. Ses habits en lambeaux avaient un reste d'élégance, et sa main était trop fine, sa peau trop blanche, pour un homme qui serait né dans une pareille condition.

— Il pleurait, dis-tu ?

— Oui, et je n'ai jamais pu savoir pourquoi. Mais quand je lui ai dit que je devais passer par cette route : « Alors, me dit-il, tu trouveras à quelques heures de marche, après avoir franchi la rivière, au sommet d'une colline agréable, une grande et belle maison. Tu seras fatigué en arrivant à cet endroit. Frappe hardiment à cette porte ; on te recevra. Je connais le maître de cette maison ; il est bon pour tout le monde, il ne renvoie jamais le pauvre à vide. » Et en disant cela, ses larmes coulaient avec plus d'abondance.

— C'est lui! s'écria le père d'une voix terrible. Et ce cri fut si poignant que tous les domestiques accoururent, effrayés.

— Etranger, veux-tu gagner dix pièces d'or ?... Eh bien, tu vas me conduire auprès de ce jeune homme à l'instant. Qu'on m'apporte mon bâton de voyage et mon manteau... A l'instant, te dis-je, nous nous reposerons demain.

— Mais, se hasarda à dire le plus vieux des serviteurs, il est bien tard, maître ; la nuit sera bientôt venue ; ne pouvez-vous remettre à demain ce voyage ?

— Il n'y a pas une minute à perdre ; je veux le retrouver AUJOURD'HUI !

— Du moins, permettez que l'un de vos serviteurs accompagne cet étranger. Cela suffira. Peut-être vous trompez-vous... En tous cas, vous l'attendrez ici.

— Non, non, en route ! cria le vieillard, en entraînant le mendiant étonné.

V

Ils marchèrent à grands pas pendant quelques minutes. Le père semblait avoir retrouvé toutes les forces de sa jeunesse.

Mais à peine avaient-ils franchi le premier tournant, qu'ils aperçurent dans la distance un homme qui gravissait la colline à pas lents. Le mendiant le regarda : puis s'arrêta pour le considérer plus attentivement, en mettant sa main au-dessus de ses yeux :

— Ou je me trompe fort, dit-il, ou bien… Le vieillard regardait, lui aussi.

— Oui, c'est bien le gardeur de pourceaux, dit le mendiant.

Mais le vieillard, d'une voix si forte que les serviteurs, là-haut, l'entendirent et se hâtèrent d'accourir :

— Non, te dis-je, non, c'est Mon Fils !

Le dernier grain de blé

I

Il y eut une fois une famine si grande sur toute la terre que le blé vint à manquer. Pour la première année, on prit patience ; on mêla très peu de farine de froment à beaucoup d'autres substances, et l'on put, sans trop de souffrances, traverser le premier hiver.

Mais, à la saison suivante, le peu de semence que l'on avait conservée ne leva pas. Les forces de la terre étaient-elles épuisées ? le germe était-il mort ? Nul ne pouvait expliquer le mystère ; ce qu'il y avait de certain, c'est que le pain manquait absolument.

Une troisième année se passa sans moissons. Tous les autres produits étaient abondants, le blé seul faisait défaut... Bah ! on s'en passera, s'écrièrent les savants. Et ils se mirent à démontrer, avec preuves à l'appui, que le blé n'était pas nécessaire à la vie, et que, grâce à la chimie, on composerait bientôt des substances nouvelles, qui remplaceraient avec avantage ce vieil aliment passé de mode : le pain.

Et, en effet, pendant quelques années il n'y parut pas trop. On mangeait autre chose : on buvait comme jadis et même davantage. Cependant, les hommes sages ne tardèrent pas à s'apercevoir que le monde allait vers sa ruine. Les visages étaient plus pâles, le sang moins riche, la mortalité plus grande. Des maladies inconnues auparavant se montraient ; on ne savait que leur donner des noms, mais on n'en trouvait pas le remède. Le temps passait, et une langueur générale s'emparait de l'humanité. Les enfants mouraient à la mamelle, les hommes faits avaient l'aspect de vieillards.

Bientôt, chacun lut sur le visage de son voisin l'histoire de sa propre ruine et la prophétie de sa mort prochaine. Et, tout à coup, d'un bout de la terre à l'autre, un grand cri s'éleva :

— Du pain, ou nous périssons !

II

Le cri était si universel, si unanime, si poignant, que les gouvernements, même les plus despotiques, ne songèrent pas à résister. D'ailleurs, les rois souffraient de la famine. Les dynasties étaient atteintes, aussi bien que les plus humbles familles.

« Essayons, dirent les princes. Cherchons le peu de blé qui reste, et voyons si cette fois la terre produira son fruit. »

Mais on eut beau chercher, on ne trouva pas un grain de blé. *Pas un seul !* Tout avait été employé dans les tentatives précédentes. On n'avait pas même songé à en mettre de côté quelques spécimens pour figurer dans les musées.

Que faire ? Dans chaque pays on offrit une forte prime à quiconque découvrirait un grain de blé. Les primes allaient, selon la fortune des peuples, de cent mille francs à un million. Un million pour un grain de blé ! Qui l'aurait jamais cru, il y a quelques années ! Pour un diamant, à la bonne heure !… Et les hommes s'aperçurent pour la première fois que ce qui est vraiment précieux c'est ce qui est utile à la vie, et que toutes les pierreries du monde ne valent pas… un grain de blé.

On juge si chacun chercha ce grain d'un si grand prix. Mais ce n'était pas tant le désir de gagner de l'argent que celui de sauver leur vie qui animait les chercheurs. Cependant tous les efforts furent vains : on ne trouva pas dans tout l'univers une seule semence de froment à mettre en terre.

Les savants vinrent à la rescousse une fois de plus : « Il n'y a plus de blé, faisons-en. » Et l'on doubla la prime pour celui qui arriverait à fabriquer du froment, ou seulement de l'orge. Aussitôt tous les laboratoires s'allument ; des hommes en grand nombre se lèvent tôt, se couchent tard, pour mêler ensemble mille substances diverses, pour surprendre le secret de la vie. Ce qui sortit de tous ces efforts serait impossible à décrire. On découvrit bien des choses que l'on n'avait pas cherchées. Bien des chimistes périrent dans leurs essais hasardeux. Mais le blé, la vie, on ne la découvrit pas.

III

Un jour, cependant, au moment où le monde entier désespérait et où chacun, depuis le roi sur son trône jusqu'au dernier mendiant, s'apprêtait à mourir, un homme, un vieillard annonça qu'il avait en sa possession le grain de blé tant désiré. Il l'avait découvert dans l'une de ses cachettes. C'était un pauvre fermier, et l'on s'empressa de lui offrir le million.

« Je n'en veux pas, » dit-il.

Le monde apprit avec étonnement que ce pauvre homme refusait cette fortune. Mais on se dit :

« C'est qu'il veut davantage. Il est maître de la situation et il veut en profiter. Eh bien, soit ! Ne regardons pas à un si léger sacrifice. Et l'on doubla la somme. Mais lui répéta :

« Je n'en veux pas. »

Alors, les différents gouvernements se consultèrent : « Le brave homme s'entête ; il veut nous exploiter. Enfin, donnons-lui tout ce qu'il demandera, et qu'il nous vende son grain de blé. »

Et l'on mit ensemble toutes les primes qui avaient été offertes ; c'était une somme énorme. Mais, sans même regarder au chiffre, il répondit tranquillement :

« Je n'en veux pas. »

On eût bien voulu lui faire violence, mais à quoi cela eût-il servi ? Le grain de blé était caché, et lui seul savait où il était. Alors tous les hommes, unis par le même désir, par le même besoin, s'écrièrent : « Donnons-lui tout ! » — Et l'on fit un tel amas de richesses, que jamais le monde n'a rien vu de pareil. Il y avait toutes les couronnes, tous les diamants, tous les sceptres de l'univers ; toutes les décorations, tous les honneurs, tous les trésors ; tous les parchemins, tous les titres, toutes les propriétés. Et l'on mit tout cela aux pieds du laboureur, et on lui dit :

— Tiens, voilà tout ce que nous avons ; ce n'est pas assez, peut-être, mais nous n'avons rien de plus. Prends, et donne-nous cette semence, donne-nous la vie !

— Reprenez vos trésors, dit le vieillard. Je ne vends pas mon grain de blé... Je le donne ! »

IV

Quand le monde apprit cette grande et bonne nouvelle, il tressaillit d'admiration et de reconnaissance. « Gloire à notre bienfaiteur, cria-t-on, qu'il soit notre Maître, notre Roi, notre Père ! »

Mais bien des gens secouèrent la tête.

« Avant de chanter ses louanges, voyons, disaient-ils, ce que vaudra son grain de blé. »

Ce fut le vieillard lui-même qui le mit en terre, à la vue de l'univers anxieux. Ce fut une attente terrible. Les rois, les princes, les seigneurs, les savants étaient tous penchés sur ce coin de jardin où un grain de blé dormait en silence.

La vie du monde allait-elle sortir du sol ? Un épi, c'est-à-dire les moissons de l'avenir, allait-il germer à leurs yeux ? Ou bien en serait-il de cet espoir comme de tous les autres ?

Soudain un grand cri de joie se fit entendre : une tige verte s'était montrée ; le miracle s'était accompli, le Germe n'était pas mort... « Résurrection ! résurrection ! » cria-t-on de toutes parts. Car la résurrection de ce grain de froment était celle de l'humanité même. Et quelques années après, les plaines blanchissaient de nouveau sous les moissons, et tous les hommes se nourrissaient du pain de vie, sorti pour eux du dernier grain de blé.

Le père Martin

I

Vous ne connaissez pas le père Martin? Quoiqu'il ne soit qu'un pauvre cordonnier, il ne loge pas dans une mansarde. Son atelier, son salon, sa chambre à coucher et sa cuisine, sont tous réunis dans une échoppe de bois qui fait l'angle de la place de Lenche et de la rue des Martégales, au centre du vieux quartier de Marseille. C'est là qu'il vit en philosophe, ni trop riche, ni trop pauvre, ressemelant tout le quartier; car depuis que ses yeux ont vieilli, le bonhomme ne travaille plus dans le *neuf*.

Si vous ne le connaissez pas, *les pescaïres*[a] du quartier Saint-Jean le connaissent bien, et les revendeuses du marché qui est sur la place, et les gamins de l'école communale qui passent comme un essaim devant sa porte, lorsque quatre heures sonnent à l'Évêché. Il leur a cousu des pièces à tous, il sait où le soulier les blesse. Les

---

a. Pêcheurs

ménagères n'ont de confiance qu'en lui, pour mettre des talons solides aux chaussures de leur garnement, qui écule en quinze jours les souliers les mieux confectionnés.

Le père Martin, depuis quelque temps, s'est fait la réputation d'être dévot. Non qu'il craigne le mot pour rire, mais depuis qu'il va aux « Conférences », comme on appelle ces réunions où l'on chante des cantiques et où l'on parle du bon Dieu, il est tout changé. Il ne travaille ni moins ni plus mal, au contraire. On ne le voit plus au café des Argonautes, comme autrefois. Il a un gros livre qu'on lui voit lire souvent, quand on regarde par le petit vitrage de son échoppe ; il paraît beaucoup plus heureux qu'il ne l'était auparavant.

Il a eu des malheurs, le père Martin. Sa femme est morte il y a plus de vingt ans ; son fils, parti comme matelot à bord du brick *le Phocéen*, n'a plus reparu depuis dix ans. Quant à sa fille, il n'en parle jamais ; lorsqu'on lui demande ce qu'elle est devenue, une ombre passe sur son front, il ne répond qu'en secouant la tête.

Aussi, même quand il allait au café, après la journée, faire un piquet avec les camarades, le vieux cordonnier était-il rarement d'une gaieté parfaite. Maintenant, avons-nous dit, il paraît plus heureux : son gros livre semble en être la cause.

II

C'est la veille de Noël. Il fait au dehors un temps froid et humide, mais l'échoppe du père Martin est claire et bien chauffée. Il a fini son travail et mangé sa soupe ; son petit poêle ronfle, et lui, assis dans un bon fauteuil de paille, ses besicles sur le nez, se tient près de la table et lit :

« Il n'y avait pas de place pour eux dans l'hôtellerie » (Luc.2.7).

Ici le lecteur s'arrête pour réfléchir. « Point de place, dit-il, point de place pour *Lui !* »

Il regarde alors sa chambrette, étroite et propre dans sa pauvreté. — « Il y aurait eu de la place pour Lui ici, ajoute-t-il, s'il y était venu ! Quel bonheur de le recevoir ! Je me serais gêné, bien sûr, je leur aurais donné toute la place !... Point de place pour Lui ! Oh ! que ne vient-il m'en demander une, à moi...

Je suis seul, je n'ai personne à qui penser. Chacun a sa famille et ses amis ; qui se soucie de moi sur la terre ? J'aimerais bien qu'*Il* vînt me tenir compagnie !

Si c'était aujourd'hui le premier Noël ? Si ce soir le Sauveur devait venir au monde ? S'il choisissait mon échoppe pour y entrer ? Comme je le servirais, comme je l'adorerais ? Pourquoi ne se montre-t-il plus aujourd'hui, comme il le faisait autrefois ?

Que lui donnerais-je ? La Bible dit bien ce qu'apportèrent les mages : de l'or, de l'encens et de la myrrhe : je n'ai rien de tout cela : ils étaient riches, ces mages. Mais les bergers, que lui donnèrent-ils ? Cela n'est pas dit. Ils n'eurent peut-être pas le temps de rien apporter... Ah ! je sais bien, moi, ce que je lui donnerais ! »

Et le père Martin, au milieu de toutes ces pensées plus ou moins incohérentes, se leva, étendit la main vers une étagère où se trouvaient deux mignons petits souliers soigneusement enveloppés, deux souliers de nourrisson :

« Voilà, dit-il, voilà ce que je lui offrirais... mon chef-d'œuvre. C'est la mère qui serait contente ! Mais à quoi pensé-je ? reprit-il en souriant. Vraiment, je radote. Est-il possible que je m'imagine des choses pareilles ? Comme si le Sauveur avait besoin de mon échoppe et de mes souliers ! »

Le vieillard s'enfonça dans son fauteuil et continua ses réflexions. La foule devenait de plus en plus nombreuse dans les rues, à mesure que la soirée s'avançait ; des bruits de réveillon commençaient à se faire entendre. Mais le père Martin ne bougeait pas. Il est probable qu'il s'était endormi.

— Martin ! dit une voix douce tout près de lui.

— Qui va là ? cria le cordonnier en sursaut. Mais il eut beau se tourner vers la porte, il ne vit personne.

— Martin, tu as désiré me voir, eh bien, regarde dans la rue, demain, depuis l'aurore jusqu'au soir ; tu me verras passer un moment ou l'autre. Efforce-toi de me reconnaître, car je ne me ferai point connaître à toi.

La voix se tut ; Martin se frotta les yeux. Sa lampe s'était éteinte, le pétrole ayant manqué. Minuit sonnait à toutes les horloges : Noël était venu.

« C'est lui, se dit le vieillard. Il a promis de passer devant mon échoppe. Peut-être était-ce un rêve ? N'importe ! Je l'attendrai. Je ne l'ai jamais vu, mais n'ai-je pas admiré son portrait dans toutes les églises ? Je saurai bien le reconnaître. »

Là-dessus, Martin gagna son lit, et longtemps encore repassa dans son esprit les étranges paroles qu'il avait entendues.

III

Longtemps avant le jour, la petite lampe du cordonnier était allumée. Il remit du charbon dans son poêle, qui n'était pas encore éteint, et se mit en devoir de préparer son café. Puis il se hâta de ranger sa chambre, et vint se placer enfin près de la fenêtre, pour guetter les premières lueurs du jour et les premiers passants.

Peu à peu le ciel s'éclaira, et Martin ne tarda pas à voir paraître sur la place le balayeur de rues, le plus matinal de tous les travailleurs. Il ne lui accorda qu'un regard distrait ; il avait, en vérité, bien autre chose à faire qu'à regarder un balayeur de rues !

Cependant il paraissait faire froid au dehors, car la vitre se couvrait constamment de buée, et le cantonnier, après avoir donné quelques vigoureux coups de balai, ne tarda pas à éprouver le besoin de se réchauffer par un exercice plus énergique, en battant des bras de toutes ses forces, et en frappant le sol tantôt d'un pied tantôt de l'autre.

« Le brave homme, se dit Martin, il a froid, tout de même. C'est fête aujourd'hui… mais non pas pour lui. Si je lui offrais une tasse de café ? » Et il frappa contre la vitre.

Le balayeur tourna la tête, vit le père Martin derrière sa fenêtre, et s'approcha. Le cordonnier ouvrit sa porte.

— « Entrez, dit-il, venez vous réchauffer.

— C'est pas de refus, merci. Quel temps de chien ! On se croirait en Russie.

— Voulez-vous accepter une tasse de café ? dit le père Martin.

— Ah ! par exemple, voilà un brave homme ! Avec plaisir, *pardi*. Vaut mieux tard que jamais pour faire son petit réveillon.

Le cordonnier servit son hôte à la hâte, puis s'empressa de retourner vers sa fenêtre et de sonder la rue et la place de tous côtés, pour voir s'il n'était passé personne.

— Qu'est-ce donc que vous avez à regarder dehors ? lui dit enfin le cantonnier.

— J'attends mon Maître, répondit Martin.

— Votre maître ? vous travaillez donc en magasin ? La belle heure pour venir voir ses ouvriers ! D'abord c'est fête pour vous aujourd'hui !

— C'est d'un autre Maître que je parle, reprit le vieux cordonnier.

— Ah !

— Un Maître qui peut venir à toute heure, et qui m'a promis de venir aujourd'hui. Vous ne savez pas son nom, c'est Jésus.

— J'en ai entendu parler, mais je ne le connais pas. Où demeure-t-il ?

Le père Martin se mit alors, en quelques mots, à raconter au balayeur de rues l'histoire qu'il avait lue la veille, en y ajoutant quelques détails. Il se tournait vers la fenêtre tout en parlant.

— Et c'est lui que vous attendez ? dit enfin le cantonnier quand il sut de qui il s'agissait. M'est avis que vous ne le verrez pas comme vous le croyez. Mais c'est égal, vous me l'aurez fait voir, à moi. Vous me prêterez votre livre, Monsieur…

— Martin, dit le cordonnier.

— Monsieur Martin, et je vous garantis que vous n'aurez pas perdu votre temps ce matin, quoiqu'il fasse à peine jour. Merci et au revoir !

Et le cantonnier s'éloigna, laissant le père Martin seul de nouveau, le front collé contre la vitre.

IV

Quelques ivrognes attardés passèrent, mais le vieux cordonnier ne les regarda seulement pas. Puis arrivèrent les marchandes avec leurs petites charrettes. Il les connaissait trop bien pour faire grande attention à elles.

Mais au bout d'une heure ou deux, ses regards furent attirés par une jeune femme, misérablement vêtue, portant un enfant dans ses bras. Elle était si pâle, si décharnée que le cœur du vieillard s'émut. Peut-être cela le fit-il penser à sa fille. Il ouvrit sa porte, et l'appela :

— Eh! dites donc!

La pauvre femme entendit cet appel, et se retourna, surprise. Elle vit le père Martin qui lui faisait signe d'approcher.

— Vous n'avez pas l'air bien portant, *ma belle*.

(*Ma belle* est la locution la plus fréquemment employée dans le vieux Marseille. Elle s'applique indistinctement aux poissardes de la halle Vivaux, aux blanchisseuses du lavoir public, et à toutes les femmes jeunes ou vieilles, riches ou pauvres, qui ont affaire dans ces quartiers-là.)

— Je vais à l'hôpital, répondit la jeune femme. J'espère bien qu'on m'y recevra, avec mon enfant. Mon mari est sur mer et voilà trois mois que je l'attends.

« Comme j'attends mon fils, » pensa le cordonnier.

— Il ne revient pas, et cependant je n'ai plus le sou et je suis malade. Il faut bien que j'aille à l'hôpital !

— Pauvre femme ! dit le vieillard attendri. Vous mangerez bien un morceau de pain en vous réchauffant. Non ? Au moins une tasse de lait pour le petit. Tenez, voilà justement le mien, que je n'ai pas encore touché. Chauffez-vous et laissez-moi le marmot. J'en ai eu, moi, dans le temps ; je sais comment ça se manipule. Il a une crâne mine, le vôtre. Quoi ! Vous ne lui avez point mis de souliers ?

— Je n'en ai point, soupira la pauvre femme.

— Attendez donc. J'en ai une paire, là, qui va faire l'affaire.

Et le vieil ouvrier, au milieu des protestations et des remerciements de la mère, alla chercher les souliers qu'il avait regardés la veille, et les mit aux pieds de l'enfant. Ils lui allaient admirablement.

Martin étouffa un soupir cependant, en se séparant de son chef-d'œuvre, de ce qu'il avait fait de mieux en sa vie.

« Bah ! se dit-il. Je n'en ai plus besoin pour personne, maintenant. » Et il revint auprès de la fenêtre. Il se mit à regarder d'une façon si anxieuse que la jeune femme en fut surprise.

— Qu'est-ce que vous regardez là ? interrogea-t-elle.

— J'attends mon Maître, répondit Martin. La jeune femme ne comprit pas, ou ne se soucia pas de comprendre.

— Connaissez-vous le Seigneur Jésus ? lui demanda-t-il.

— Certainement, répondit-elle en faisant le signe de la croix. Il n'y a pas si longtemps que j'ai appris mon catéchisme.

— C'est lui que j'attends, reprit le vieillard.

— Et vous croyez qu'il va passer par là ?

— Il me l'a dit.

— Pas possible ! Oh ! que j'aimerais rester avec vous, pour le voir, moi aussi, si c'est vrai… Mais vous devez vous tromper. Et puis, il faut que je m'en aille pour être reçue à l'hôpital.

— Savez-vous lire ? dit le cordonnier.

— Oui.

— Eh bien, prenez ce petit livre, reprit-il en lui mettant dans les mains un fragment de l'Évangile. Lisez-le attentivement, et ce ne sera pas tout à fait comme si vous le voyiez, mais ce sera presque la même chose, et peut-être le verrez-vous plus tard.

La jeune femme prit le livre d'un air de doute, s'éloigna en disant merci, et le vieillard reprit son poste auprès de la fenêtre.

V

Les heures succédaient aux heures, les passants aux passants. Le petit poêle ronflait toujours, et Martin, dans son fauteuil, regardait encore dans la rue.

Le Maître ne paraissait pas.

Il avait bien vu passer un jeune prêtre aux cheveux blonds, aux yeux bleus, justement comme on représente le Christ dans les tableaux d'église. Mais en passant tout près de son échoppe, le prêtre avait murmuré : *Mea culpa*. Evidemment, le Christ ne se serait point accusé lui-même. Ce ne pouvait être lui.

Les jeunes gens, les vieillards, les marins, les ouvriers, les ménagères, les grandes dames, tout ce monde passa devant lui. Bien des mendiants supplièrent le brave homme ; son bon regard semblait leur promettre quelque chose. Ils ne furent pas déçus.

Cependant, le Maître ne paraissait pas.

Ses yeux étaient fatigués, son cœur commençait à défaillir. Les jours passent vite en décembre. Déjà l'ombre s'allongeait sur la place, déjà l'allumeur de réverbères paraissait au loin, déjà les fenêtres d'en face commençaient à briller joyeusement, et le fumet de la dinde rôtie, le mets traditionnel des Marseillais, s'élevait de toutes les cuisines.

Et le Maître ne paraissait pas.

Enfin la nuit vint, accompagnée de brouillard. Il était désormais inutile de se tenir près de la fenêtre ; les passants, devenus rares, s'éloignaient dans la brume sans qu'on pût les dévisager. Le vieillard s'approcha tristement de son poêle et se mit à préparer son modeste souper.

« C'était un rêve, murmura-t-il. Pourtant, je l'avais bien espéré. »

Son repas achevé, il ouvrit son livre et voulut se mettre à lire. Mais sa tristesse l'en empêcha.

« Il n'est pas venu ! » répétait-il sans cesse.

Tout à coup la chambre s'éclaira d'une lumière surnaturelle, et sans que la porte se fût ouverte, l'étroite échoppe se trouva pleine de monde. Le balayeur de rues était là, la jeune femme avec son enfant était là, et chacun d'eux disait au vieillard :

« Ne m'as-tu pas vu ? »

Derrière eux venaient les mendiants à qui il avait fait l'aumône, les voisins à qui il avait dit une bonne parole, les enfants à qui il avait adressé un bon sourire, et chacun lui disait à son tour :

« Ne m'as-tu pas vu ? »

— Mais qui êtes-vous donc ? cria le cordonnier à tous ces fantômes.

Alors le petit enfant aux bras de la jeune femme se pencha vers le livre du vieillard, et de son doigt rose lui montra ce passage, à l'endroit même où il l'avait ouvert :

« Quiconque reçoit un de ces petits me reçoit. J'ai eu faim et vous m'avez donné à manger, j'ai eu soif et vous m'avez donné à boire, j'étais étranger et vous m'avez recueilli… Car en tant que vous avez fait ces choses à l'un de ces petits, vous me les avez faites à moi-même. »

La plus belle maison du village

Venez avec moi, je vous montrerai la plus belle maison du village.

La plus belle maison du village, ce n'est pas, à mon avis, ce grand château que vous apercevez là-bas. Avec son parc aux allées sévères, ses pièces d'eau stagnante, ses ifs taillés de façon bizarre, sa façade froide et nue percée de cent fenêtres régulières et banales, le château ne me séduit pas.

La plus belle maison du village, ce n'est pas celle que vient de faire bâtir Beaufils le cabaretier : maison blanche et carrée, couverte de tuiles rouges, maison criarde, insolente et vulgaire, affichant la récente opulence de son propriétaire et narguant l'humble piéton qui s'assied sur la route pour grignoter une croûte de pain et boire à la fontaine…

La plus belle maison du village, ce n'est ni celle du maire, ni celle du médecin, ni le presbytère. Si vous voulez la voir, suivez-moi jusqu'au bout de l'unique rue.

Elle est isolée entre ses deux grandes voisines, son jardin l'entoure de tous côtés. Une porte et une fenêtre au rez-de-chaussée, une seule fenêtre au-dessus, et c'est tout. Le vieux toit moussu s'avance en auvent, offrant aux hirondelles la place la plus commode du monde pour y construire leur nid : elles en ont profité d'ailleurs, car vous n'en trouverez nulle part une aussi grande abondance.

Elle vous paraît, cette maison, bien petite et bien chancelante. Petite, soit, mais chancelante, ne le croyez pas : car de la base au faîte elle est enveloppée, enserrée, étreinte par mille bras dans lesquels circule la vie ; des bras frêles et forts : les multiples rameaux d'une glycine.

La maison est-elle en pierres ou en briques ? A peine saurait-on le dire, tant sa façade est bien couverte, et pour ainsi dire remplacée par cette façade vivante. Le vert feuillage, les magnifiques grappes violettes font en été un cadre ravissant à la porte, et à travers les joints des volets, franchissent les fenêtres, pénètrent dans la maison, enguirlandent, embaument, poétisent l'humble logis. Jamais pareille opulence ne s'est vue au château, jamais boudoir n'a été comparable à cette humble chambrette où, jusques sur le berceau du petit enfant, de belles fleurs sont suspendues. S'il y a des lézardes, la glycine les cache. Et la maison tiendra longtemps, soyez-en sûrs. Il est vrai qu'en hiver le vent souffle très fort ; mais, toute morte que paraisse la glycine, toute dépouillée qu'elle soit, elle vit pourtant, et tient la vieille maison tout aussi fortement embrassée que lorsque, au cœur de l'été, elle lui fait un manteau de verdure et répand sur elle ses parfums.

En août dernier, le propriétaire du château, jeune homme fraîchement émoulu des écoles, passant dans sa calèche, fit arrêter devant cette maison. Il regarda d'un œil d'envie, non la maison, mais la glycine, alors dans tout son éclat.

— Voilà qui ferait bien, murmura-t-il, pour la façade de mon château neuf. Et appelant le vieux bonhomme qu'il aperçoit assis sur la porte :

— La belle plante que vous avez là ! voulez-vous me la vendre ?

— Certainement, monsieur, mais à une condition : c'est que vous achetiez ma maison avec.

— Et pourquoi ?

— C'est que l'une ne va pas sans l'autre ; elles s'aiment toutes deux, voyez-vous, à ne pas pouvoir se séparer. Si vous emportiez ma plante, elle mourrait chez vous, et ma maison croulerait sur moi.

La figure du jeune homme s'assombrit.

— Tenez, Monsieur, ajouta le paysan, en voilà une bouture : je vous en fais cadeau. Elle poussera chez vous comme chez moi, car les plantes sont les mêmes pour tout le monde ; elles récompensent qui les soigne bien. Et dans trente ans, ou à peu près, votre glycine vaudra la mienne.

Le châtelain s'en alla, sa branche à la main. Il était ennuyé : il y a donc des choses que l'argent n'achète pas !...

Et moi, je ne suis qu'une pauvre maison lézardée, une cabane qui tomberait en ruines et disparaîtrait bientôt sans que personne y prît garde, si le Seigneur, sur ma misère, n'avait jeté le riche manteau de sa grâce, et de ses bras tout-puissants ne me soutenait jour par jour...

Elle est bien humble, ma vie, et bien insignifiante ! D'autres que moi possèdent la richesse, les titres et le savoir. Quel serait mon rôle en ce monde si je ne servais de support et de piédestal à la plante divine qui m'enserre, m'étreint, parfume et embellit ma vie, la rend plus heureuse, et, je le crois, plus utile, que celle des hommes de grand renom ?

Ah ! même si j'avais ces choses que j'ai cessé de désirer depuis que la miséricorde infinie m'a pris entre ses bras : même si j'étais grand autant que je suis petit, je voudrais que ma vie n'eût pour ornement, pour seule parure que la fleur par Dieu même plantée ici-bas !

Si vous me demandez comment ma pauvre existence est devenue heureuse ainsi, comment les lézardes de mon âme ont été recouvertes, comment cette vie nouvelle a commencé pour moi, et si vous me demandez comment, à votre tour, vous pouvez posséder la Plante royale, comment, pour vous aussi, la décrépitude morale, la honte, le péché, peuvent disparaître, sous les fleurs et les parfums du ciel, — je vous répondrai comme le paysan au châtelain :

« C'est par une petite bouture qu'il faut commencer. »

Il faut que, par la foi, l'âme s'empare de Jésus, ce « rejeton qui sort d'une terre sèche » et le transplante en elle-même, l'arrosant des larmes de sa repentance et de son amour naissant.

La bouture prendra-t-elle, grandira-t-elle ?

— Laissez-la faire ! Tous vos soucis, tous vos efforts n'y pourraient rien. Si vous avez commencé par le commencement, si votre repentance est vraie, si votre foi au Christ vivant est sincère, alors soyez sans inquiétude. Les fleurs viendront en leur temps. Avec une rapidité merveilleuse, la plante céleste croîtra, vous enveloppera, vous pénétrera, s'identifiera à vous comme la triomphante glycine à la vieille masure. Elle entourera de ses splendeurs les détails de votre vie ordinaire, elle tressera une guirlande de fleurs immortelles autour du berceau de vos enfants et de la tombe de vos bien-aimés ; autour de votre propre lit de mort, quand l'heure sera venue pour vous de partir.

O Jésus, Rose de Saron, Cep divin aux grappes généreuses ! Viens naître, viens grandir en nous ! Que chaque année, chaque jour, chaque heure ajoute de nouvelles branches à celles par lesquelles tu nous tiens enlacés ! Divine Plante de renom, revêts-nous de toi tellement qu'on nous confonde avec toi-même, qu'on ne voie plus nos misères, et qu'on admire, en t'adorant, comment ta tendresse a su cacher nos laideurs sous ta beauté !

La Fleur céleste.

J'ai découvert dans la vallée
Où j'avançais le front penché,
Une humble fleur, dissimulée,
Sous le feuillage desséché.

Céleste Fleur que Dieu fit naître
Pour consoler l'humanité,
Fils de Marie, humble et doux Maître,
Revêts-nous de ta pureté !

A genoux parmi les épines
Je cueillis la suave fleur,
Car toujours les grâces divines
S'offrent à nous dans la douleur.

Céleste Fleur que Dieu fit naître
Pour consoler l'humanité,
Fils de Marie, tendre et doux Maître,
Enseigne-nous l'humilité !

J'emportai la plante admirable :
Mon cœur en fut tout parfumé,
Et dans mon logis misérable,
Par elle tout fut transformé.

Céleste Fleur que Dieu fit naître
Pour consoler l'humanité,
Fils de Marie, humble et doux Maître,
Remplis-nous de ta charité !

Je la garde, elle est toujours belle
Et rien ne saura la flétrir,
J'irai dans la tombe avec elle,
Avec elle on ne peut pas mourir !

Céleste Fleur que Dieu fit naître
Pour consoler l'humanité,
Fils de Marie, humble et doux Maître,
Tu donnes l'immortalité !

La terre invisible

I

Trois frères vivaient misérablement sur l'héritage paternel. Ils habitaient un pays froid et désolé ; leur pauvre champ ne rapportait que quelques poignées de seigle et quelques maigres légumes qui les empêchaient tout juste de mourir de faim.

La hutte qu'ils habitaient tombait en ruines ; le vent entrait en maître par la porte mal fermée et par les pierres mal jointes. Ils demeuraient loin de toute cité ; ils n'avaient point de famille ni d'amis ; nulle autre distraction que la vue des plaines immenses bornées au loin par des montagnes inaccessibles, et les souvenirs rares et précieux du père et de la mère, morts depuis longtemps, qu'ils se contaient le soir, près de l'âtre où brûlait quelque feu de tourbe.

Ils étaient à l'âge où l'on rêve, à l'âge où la nuée qui passe, le ruisseau qui court, l'étoile qui naît au fond du ciel, vous font baisser la tête ou lever le front, rire ou pleurer sans qu'on sache pourquoi. Et chacun d'eux, au fond du cœur, berçait des espérances insensées, dont ils ne parlaient jamais entre eux. C'étaient choses sacrées, qu'ils ne voulaient point exposer aux railleries des autres : et pourtant chacun voyait bien, à certains airs, à certains regards, que ses frères avaient la même folie et qu'eux aussi nourrissaient leur secret.

Invincibles aspirations, prophéties du cœur, ô voix de la nature, qui donc ose vous traiter de folies ? Le rêve est fils ou père de la réalité : on ne rêve que ce qu'on a vu ou que ce qu'on verra. Le premier homme errant sous les arbres du paradis, soupire et songe sans savoir pourquoi. Le ciel est pur, les fruits sont beaux, les parfums sont doux, tous les animaux sont ses esclaves. Que manque-t-il à son bonheur ? Il ne sait, car il s'ignore lui-même. De quelle folie est-il donc possédé ? La folie d'aujourd'hui est la sagesse de demain : demain, Ève naîtra de ses songes.

Ainsi soupiraient ces jeunes hommes, après des choses qu'ils ne connaissaient pas, mais qu'ils sentaient confusément, chacun suivant son imagination et son cœur. Cependant, l'âpre labeur les consumait lentement, et déjà paraissaient sur le visage de l'aîné les signes d'une précoce vieillesse, d'une fatale et dégradante résignation, lorsqu'ils firent une rencontre extraordinaire.

II

C'était un soir d'hiver. Un homme jeune et beau, au front grave, au pur regard, entra dans la cabane. L'ouragan grondait dans la plaine : le voyageur était transi et tout mouillé de pluie et de neige mêlées.

Aucune parole de bienvenue ne l'accueillit pourtant, car les jeunes gens étaient devenus sauvages dans leur isolement. Mais il prit une chaise et s'assit au milieu d'eux, devant la flamme qui semblait devenue plus joyeuse et plus vive depuis qu'il était là.

Pendant un moment les quatre hommes restèrent silencieux. Aucun des jeunes gens n'osait interroger l'inconnu, car ils sentaient entre eux et lui une grande distance. Pour lui, d'un coup d'œil, il avait examiné la masure, pesé, sondé, mesuré cette misère, et maintenant son regard se reportait, plein de compassion, sur les trois frères :

— Que faites-vous ici ? leur dit-il enfin.

— Vous le voyez, répondit l'aîné. Nous vivons ensemble sur l'héritage de nos parents. Nous mangeons le pain noir que nous donne la plaine, nous buvons l'eau qui descend des montagnes. Nous travaillons, nous rions quelquefois, nous nous querellons souvent, nous souffrons presque toujours. Après cela nous mourrons.

Il dit ces paroles d'un air sombre, et pourtant on voyait dans les yeux de ses frères, le reflet d'une flamme intérieure qui n'était pas encore éteinte.

— Je vous plains, dit l'étranger. N'avez-vous jamais rien connu de meilleur ?

— Non.

— Et n'avez-vous jamais souhaité autre chose ?

— A quoi bon parler de cela ? dit le second frère avec un rire désolé. Qu'importe ce qu'on souhaite ou ce qu'on rêve ? Nous sommes ici depuis notre naissance et la mort viendra nous y trouver.

— Et ne savez-vous pas, reprit le voyageur, que l'homme n'est pas fait pour une destinée pareille ? Pourquoi vous y soumettre ? pourquoi rester attaché à ce sol ingrat, à ce climat si rude ? Il y a d'autres pays que celui-ci.

— Nous n'en savons rien, dit le plus jeune.

— Mais je le sais, moi, qui suis un voyageur. Ecoutez : non loin d'ici se trouve une vaste étendue d'eau qu'on appelle la mer.

— Nous en avons entendu parler, interrompit l'un des frères. Ceux qui l'ont vue et nous l'ont décrite en avaient peur. Ils disent que ses eaux sont amères, et que, la nuit surtout, elles hurlent d'une façon épouvantable, comme si elles roulaient dans leurs flots toutes les âmes des morts.

— Il est vrai que ses eaux sont amères, reprit le voyageur avec un sourire significatif. Je sais aussi ce que sont leurs tempêtes. Mais au delà de la mer, il y a une autre rive.

— Vous en revenez peut-être ? demanda curieusement l'un d'eux.

— J'en viens, dit l'inconnu. Et sur cette rive, le soleil brille toujours : toutes les terres sont fertiles, tous les hommes sont heureux. Là-bas, gouverne un roi puissant et miséricordieux ; tous ses sujets sont ses enfants. Chacun possède une agréable demeure, et ne forme pourtant qu'une famille avec tous les autres. La misère y est inconnue, et par-dessus tout, c'est le pays de l'amour.

Les trois jeunes gens avaient levé la tête. Le visage du plus jeune était radieux : on eût dit que la flamme longtemps cachée dans son cœur était soudain montée à son front : il reconnaissait, dans les paroles du voyageur, l'écho de ses propres pensées. Le second, lui aussi, se ranimait à ces espérances, à ces promesses, dites d'un ton grave et mesuré, avec l'accent de la vérité. Seul, l'aîné secoua la tête et dit : « C'est impossible ! »

Alors l'étranger tira de son manteau des objets tout nouveaux pour les trois frères. C'étaient les fruits d'or des climats fortunés, les diamants des pays de lumière. Le parfum des fruits remplit la chambre ; l'éclat des diamants, à la flamme du foyer, illumina la cahute sordide. Les jeunes gens regardaient ces choses d'un œil stupide. Rien de pareil n'avait jamais frappé leurs sens ; les étoiles elles-mêmes n'avaient pas l'éclat de ces pierres ; et ces fruits, dont ils goûtèrent, leur parurent tombés jusqu'à eux de quelque table divine.

« Votre pays produit-il des choses pareilles ? demanda l'étranger au frère aîné. Vous voyez bien que ma patrie est plus belle que la vôtre ! »

Aucun des trois interlocuteurs ne répondit. Et le voyageur continua :

« Je suis envoyé par le roi de ce pays. Il sait que, de ce côté de la mer, se trouvent des hommes malheureux, et il les appelle dans son royaume. Je viens de sa part, en ces parages désolés, enrôler des émigrants pour la rive heureuse. Venez ! Rien ne vous retient ici ; là-bas tout vous attire. Laissez cette hutte aux bêtes des champs, et suivez-moi. Chacun de vous, en ce pays nouveau, trouvera l'emploi de ses facultés, de ses forces, et les sentira se développer. Vous vivrez ensemble ; et de plus, ajouta-t-il, et sa voix prit une inflexion plus douce, là-bas vous rencontrerez enfin l'être attendu et désiré, l'être mystérieux qui flotte, insaisissable et voilé, en tous vos rêves, depuis que vous êtes parvenus à l'âge d'hommes... »

Les trois jeunes gens se levèrent :

— Comment savez-vous ?

— Je sais, répondit-il en souriant. Venez !

III

La nuit s'était écoulée en ces entretiens.

L'orage avait cessé, et le ciel, plus clément, semblait sourire à la terre.

Les trois frères hésitèrent un instant. Mais à l'idée de reprendre leur morne travail, et de laisser partir, pour jamais peut-être, l'occasion qui se présentait enfin, le plus jeune cria le premier : « Je te suivrai, étranger, jusqu'à cette terre fortunée. Voudrais-tu nous tromper ? D'ailleurs j'ai besoin de te croire ! »

Et le second dit : « J'irai aussi. »

L'aîné secoua la tête comme pour dire : « Il faut bien que je m'accommode à leur faiblesse, » et, sans prononcer un mot, ferma la porte de la cabane. Ainsi dès le matin, tous les quatre se mirent en route.

Ils marchèrent longtemps, jusqu'à l'extrémité de la vaste plaine, jusqu'au sommet des montagnes qui bornaient l'horizon. Ils y arrivèrent comme le soleil descendait. Ils poussèrent un cri d'étonnement et d'admiration, car, sous leurs pieds, s'étendait la vaste mer, baignant la base de la montagne. A cette hauteur, son mugissement ne leur parvenait que comme un faible murmure, et les grandes vagues ne leur apparaissaient que comme de petites taches blanches. La grandeur du spectacle les tint immobiles et muets.

Mais bientôt leurs yeux fouillèrent l'horizon… Rien! Rien que des flots, et encore des flots, jusqu'à ce que le ciel touchât l'onde, murant ainsi, devant leurs yeux avides, la porte des pays merveilleux qu'ils avaient espéré de voir.

— Où donc est l'autre rive? demanda tristement le plus jeune.

— Il n'y en a pas, répondit l'aîné. Etranger, tu nous as trompés.

Ils parlaient ainsi parce qu'ils étaient ignorants. Ils ne savaient pas que les plaines de l'onde sont plus étendues que celles de la terre; ils ne savaient pas que l'atmosphère est opaque et que la terre est ronde; ils ne pensaient pas à cette loi si simple et si universelle, qui veut que la distance rende toute chose invisible. Mais l'étranger ne se courrouça pas contre eux; il leur dit simplement:

— Je ne vous ai pas trompés; il y a une autre rive. Vous ne pouvez la voir parce qu'elle est trop éloignée. La mer est plus vaste que vous ne croyez; c'est un mystère que le regard de l'homme ne sonde pas. D'autres causes que vous ne pouvez comprendre encore, vous cachent cette terre. Mais si vous me suivez, vous la verrez bientôt! Même avant que d'y arriver, quand cette montagne aura disparu derrière vous, vous apercevrez d'autres montagnes en avant du navire. Car on ne voit jamais un rivage qu'après avoir quitté l'autre.

En parlant ainsi, son doigt leur montrait, dans une baie, un navire qui se balançait sur ses ancres.

— Tout à l'heure, ajouta-t-il, il nous faudra partir. Il n'y a pas une minute à perdre.

Alors l'aîné des frères prit la parole:

— C'est assez avoir abusé de notre crédulité, étranger. Tu ne me conduiras pas plus loin. Quoi! je laisserais ma maison et mon champ pour me lancer sur un abîme, à la suite d'un inconnu, et à la recherche d'une rive invisible! Folies que tout cela! Une terre nouvelle n'est pas comme un nuage qui passe et disparaît : si elle existe, on doit la voir. Montre-la nous, si tu veux que nous croyions en toi. Le sol que je foule aux pieds est plus solide que celui que tu m'offres, et je m'y tiens, ajouta-t-il en montrant avec ironie la mer agitée.

Et en parlant ainsi, il tourna le dos, et redescendit rapidement la montagne du côté opposé à la mer.

— Et vous? demanda tristement l'étranger en se tournant vers les deux frères. Voulez-vous renoncer aussi à la terre nouvelle?

— J'irai avec toi! dit résolument le plus jeune.

— J'irai, dit simplement le second.

IV

Ils arrivèrent au bord de la mer, et près du navire. Tandis qu'ils approchaient, le mugissement des flots devenait plus bruyant, plus effrayante la hauteur des vagues. Cependant ils ne reculèrent pas.

Déjà l'étranger s'apprêtait à monter à son bord, suivi du plus jeune des frères; mais l'autre s'arrêta sur la plage et dit :

— J'irai, mais pas avec toi.

— Viens! ma barque est assez grande; il y a place pour vous deux, place pour cent autres passagers. Viens, l'heure presse, la marée monte, il faut partir!

— J'irai seul, répondit le second frère. Je ne veux pas te suivre en esclave, être dans ce navire comme dans une prison. Qui me dit d'ailleurs que tu me mèneras sûrement ? Je saurai bien me faire un esquif, une voile ; je saurai bien trouver ma route. Je suis jeune et fort ; je ne suis pas un mendiant. Je veux devoir à moi seul ma fortune, et si je débarque jamais sur l'autre plage, je veux seul en avoir tout l'honneur.

— Insensé ! s'écria le voyageur. Sais-tu ce que tu vas affronter sur ton esquif misérable ? Es-tu fait comme moi, aux colères de l'Océan ? Sais-tu quelles bienveillantes étoiles guident le matelot ? Sais-tu la distance, sais-tu la route, sais-tu le port ?

Mais l'autre ne répondit point, et s'apprêta à radouber sur le sable une épave, une barque désemparée, jetée là par les flots.

— Ne vois-tu pas, lui cria l'inconnu, ne vois-tu pas que ton esquif est un débris des naufrages précédents ? Comment échapperas-tu mieux que ceux qui ont péri avant toi ? Ne demande pas à la mort de te conquérir la vie ! Viens ! Pourquoi te tromperais-je ? Je suis ton ami et non ton maître ; mon navire n'est pas une prison ! Ah ! si tu veux arriver au pays des fruits d'or, à la terre des diamants, si tu veux, ajouta-t-il avec une voix pleine de larmes, embrasser enfin la Vision longtemps désirée, laisse là ton misérable radeau comme tu as laissé ta cabane ! Suis-moi ! suis-moi !

Le jeune homme resta sourd à cette voix qui dominait, puissante et douce, le bruit du vent et des vagues. Il ne l'entendit point.

— Partons ! dit alors le capitaine.

V

La traversée fut courte, il y eut une tempête, mais soutenu par son chef, le dernier des trois frères la traversa victorieusement.

Il la vit, il la salua, la rive heureuse, la terre bénie! Les douleurs de la séparation, les maux de la traversée furent oubliés dans ce premier regard. Il la vit, il l'embrassa, l'immortelle Beauté, la Vision si longtemps insaisissable!

L'aîné mourut sous les ruines de sa cabane, après avoir dit longtemps que ses frères étaient morts. Quant au second, on ne sut jamais ce qu'il était devenu.

Ces trois frères sont l'humanité; le pays où ils souffrent, c'est la terre de péché que nous habitons. Leur rêve, c'est d'être justes, d'être heureux, d'être immortels.

L'inconnu, c'est Jésus-Christ; les diamants et les fruits d'or de la terre nouvelle, il les a montrés au monde, il les a répandus sur la terre, c'est la Charité et la Justice, c'est la Grâce et la Vérité.

L'Océan, c'est la vie, et c'est aussi la mort, car ce que nous appelons mourir, Dieu l'appelle vivre, et ce que nous appelons vivre, Dieu l'appelle mourir.

Le navire, c'est la croix du Christ; la rive, c'est le ciel.

L'aîné des frères, c'est l'homme qui préfère le présent à l'avenir, les prétendues certitudes d'aujourd'hui aux promesses de demain, le visible à l'invisible. Il meurt sous les ruines des choses qu'il a aimées.

Le second, c'est l'homme qui veut traverser seul la vie et affronter la mort, sur ce radeau formé d'épaves : ses propres mérites, ses propres vertus, sa propre justice. Il mourra entre les deux rives, trop croyant pour trouver son bonheur sur la terre, pas assez pour arriver au ciel.

Le plus jeune, c'est le chrétien. Il croit au Christ, sur la foi des choses merveilleuses qu'il a montrées au monde ; sur la foi de ses paroles, dont l'accent ne trompe pas, sur la foi de sa résurrection. Il croit à l'expiation accomplie sur la croix, il compte sur les mérites du Sauveur pour lui ouvrir le ciel. Il le suit jusqu'au bout, il traverse avec lui la vie, cette mer, et la mort, cette tempête. Puis il arrive au port, où la Vie éternelle, ce rêve de la terre, l'attend et le reçoit dans ses bras.

La fileuse

Conte cévenol

I

SI POUR ÊTRE UNE VILLE il suffit à une commune de compter trois à quatre mille âmes, d'avoir des maisons à deux étages alignées sur la grande route l'espace d'une demi-lieue, et d'être le chef-lieu du canton, Sermane, au pied des Cévennes, est incontestablement une ville. Elle a même des réverbères ; non pas, je vous prie, de ces lanternes suspendues avec une corde au milieu de la rue, selon l'ancienne mode, mais de vrais réverbères fixés au mur. Il ne manque à Sermane que le gaz et la lumière électrique ; mais le pétrole les remplace les nuits où il n'y a pas de lune.

Malgré tous ses avantages, malgré ses boutiques où viennent s'approvisionner les *gavots* les jours de marché, Sermane ne pourrait lutter avec aucune capitale. Mais ce qu'elle a de plus que toutes les grandes villes, c'est son air pur, ce sont ses belles eaux jaillissant d'une infinité de sources, et grossissant une rivière sur laquelle est jeté le pont le plus pittoresque du monde — un vieux pont à dos d'âne, aux arches inégales, au pied desquelles on entend avant l'aube le battoir des laveuses. Ce que Sermane possède en propre, c'est son encadrement de montagnes qui vont s'élevant par degrés et présentant mille teintes variées, suivant la couleur des roches rouges ou noires, et le jeu des ombres et de la lumière ; c'est encore son histoire, car le vieux bourg a joué son rôle dans les guerres du temps passé. Aussi ses habitants sont-ils fiers de leur ville, et ceux qui l'ont quittée pour aller chercher fortune dans le vaste monde, ont-ils presque tous le secret désir d'y venir terminer leur vie.

Le chemin de fer n'a pas encore profané cette vallée, qui mène la même vie calme et paisible depuis cent cinquante ans. On n'y est ni plus ignorant ni plus endormi qu'ailleurs, et il serait difficile de trouver, à dix lieues à la ronde, un homme de trente ans qui ne sache pas lire. Mais les besoins y sont bornés, et les ambitions aussi. Elles s'éveillent pourtant, et il est à prévoir que, dans quelques années, il ne restera plus grand'chose de ces mœurs patriarcales.

Déjà l'industrie a suppléé à la pauvreté du sol, et la plupart des habitants en vivent. La terre, sur les flancs de ces montagnes, ne donne abondamment qu'un seul fruit : la châtaigne. Aussi le châtaignier est-il appelé dans le pays l'arbre à pain. Autrefois, cet aliment était la base de l'alimentation publique à Sermane ; mais l'élevage des vers à soie et la filature des cocons y ont apporté un nouvel élément de prospérité, ce qui veut dire, quelque chose de plus substantiel à mettre dans la marmite.

Les plus belles maisons du bourg sont des usines surmontées de hautes cheminées. Ces maisons ont de grandes fenêtres, au travers desquelles vous pourriez voir de longues files de femmes, jeunes et vieilles, assises de trois quarts devant une roue qui tourne sans cesse et se couvre d'un fil d'or ou d'argent qui va grossissant, grossissant en un superbe écheveau brillant au soleil. Devant chacune d'elles est un bassin d'eau bouillante dans lequel dansent les cocons en se dévidant sous les doigts agiles des fileuses. Le fil, presque invisible tant il est ténu, passe au-dessus de leur tête pour aller s'enrouler sur la roue qui est derrière elles. Elles ont donc constamment sous les yeux l'ouvrage qui leur reste à faire, et ne peuvent voir qu'en se retournant celui qu'elles ont déjà fait.

Si vous passez, en été, devant ces fenêtres ouvertes toutes grandes, vous entendrez souvent, dans les heures chaudes de l'après-midi, quand la cigale lassée renonce elle-même à chanter, et que tout semble pris d'une somnolence irrésistible, vous entendrez, dis-je, au milieu du mouvement, de la vapeur, du bruit de la filature, une voix jeune et fraîche s'élever comme pour narguer la chaleur et l'assoupissement. C'est une chanson peut-être ; voici deux lignes que j'en ai pu saisir :

> File, file, Jeanne ;
> Travailler, c'est prier…

(Une hérésie, sans doute, mais il faut la pardonner aux pauvres ouvrières). D'autres fois, c'est une hymne à laquelle toutes les voix s'associent lorsque arrive le refrain… Et la roue tourne, et le cocon danse, et les doigts s'agitent dans l'eau bouillante qui ne peut plus les brûler.

En été, la journée commence de bonne heure et finit tard : le soleil est le grand régulateur du travail, et dès son lever, toutes ces femmes entrent à l'atelier pour n'en sortir qu'à la nuit tombante.

— Et quand donc se fait le ménage? Quand lave-t-on le linge? — A l'heure, madame, où vous revenez à peine de soirée, longtemps avant le chant du coq, la ménagère de Sermane est déjà debout; elle fait retentir de son battoir l'écho des rives désertes, et étend son linge au soleil avant que celui-ci ait commencé de briller. Mais, par exemple, les soirées sont courtes, et dès neuf heures, les chats eux-mêmes sont tous couchés dans la paisible bourgade.

Le salaire de ces femmes, varie de un franc par jour à un franc cinquante, suivant la saison. Dame! on ne mange pas tous les jours des ortolans. Mais quoi? On chante tout de même à la filature, et l'on y chante de bon cœur.

Le dimanche, toutes les filatures sont fermées. Peu d'ouvrières manquent ce jour-là au culte public. Elles sont trop près de la nature pour ne pas croire en Dieu, et trop pauvres pour oser se passer de lui. Mais l'après-midi, dans la belle saison, est généralement consacré au plaisir de la campagne. Tandis que les hommes vont boire au cabaret l'argent que leurs femmes ont gagné en grande partie, celles-ci, plus sages, s'en vont par petits groupes le long de la rivière, ou se dirigent vers les *mas* voisins, pour s'offrir leur régal à elles : une écuelle de lait de chèvre tout parfumé de thym et de lavande.

II

Un dimanche après-midi, Rosette se promenait seule sur le chemin ombragé de châtaigniers qui conduit à Frugères. Rosette, la plus jolie des fileuses de Sermane, était triste ce jour-là.

Ni le bruit de la rivière qui grondait tout là-bas, au fond de la vallée, ni le chant des oiseaux tout près d'elle, ni le ciel bleu, ni les marguerites qu'elle foulait aux pieds, ni les grandes montagnes noires à l'horizon ne semblaient capables de la distraire et d'attirer son attention.

Elle avait dix-neuf ans ; il y en avait sept qu'elle travaillait à la filature. Elle avait dû quitter les classes au moment où elle prenait goût à l'étude, car son père ne gagnait presque rien à son métier de bûcheron, et sa mère ne pouvait suffire seule à l'entretien de ses frère et sœur. Pourtant elle aimait à lire, et affectionnait surtout les livres qui racontent des voyages ou des scènes d'héroïsme et de dévouement, ou encore ceux qui décrivent les splendeurs de la vie opulente.

Avait-elle lu quelque livre semblable ? Je ne sais, mais Rosette était triste ce jour-là.

« Est-ce vivre, murmurait-elle, que de filer depuis douze ans jusqu'à soixante, à moins que la mort n'arrive auparavant, sans rien faire d'autre, sans être utile à personne, sans pouvoir mettre à profit ses facultés ? Pourquoi suis-je née ici, et non pas à Paris ou dans une grande ville ? Pourquoi suis-je si pauvre, tandis que d'autres sont si riches ?

Faites tout pour la gloire de Dieu ! C'était le texte du sermon de ce matin, un beau sermon ; mais j'aimerais savoir si l'on peut filer aussi pour la gloire de Dieu. Moi qui voudrais travailler au bien des autres, me consacrer à quelque grande œuvre !... Est-il possible que je ne sois destinée à autre chose qu'à filer ? »

Ainsi parlait la jeune fille, mais d'autres pensées, qu'elle n'osait s'avouer à elle-même, traversaient aussi son esprit. Pourquoi ne pas le dire ? Rosette, toute pieuse qu'elle fût, se savait jolie. Son miroir le lui disait chaque matin, malgré l'affreuse *cagnotte* d'indienne qu'elle mettait pour aller à la filature… et Rosette ne pouvait s'empêcher de penser qu'il était très dur de filer des robes de soie pour tout le monde excepté pour elle-même, qui les aurait si bien portées. Elle tâchait bien de chasser ces pensées vaines, mais elles revenaient par bouffées et l'emportaient bien loin, dans des rêves de luxe, de bonheur et d'amour…

III

Comme elle songeait ainsi, assise au pied d'un châtaignier, un coup de sifflet se fit entendre. Rosette se leva machinalement ; c'était le sifflet de sa filature.

Elle ne se rendit pas compte que c'était dimanche et que cet appel était inusité. L'habitude d'obéir au signal était si forte que, sans penser à s'en aller changer de vêtements, elle se hâta vers l'atelier de peur que le second avertissement ne vînt à retentir et que la porte ne fût fermée.

Elle entra au moment où retentissait le second coup de sifflet. Chose étrange ! La filature était vide ; elle seule avait répondu à l'appel. Tout était silencieux dans l'atelier. Une seule roue tournait : la sienne ; un seul bassin fumait : le sien.

Comme elle s'asseyait, étonnée, à sa place, un homme entra.

Ce n'était pas le patron, ce n'était pas non plus le commis qui se promène d'ordinaire entre les deux rangs de fileuses pour empêcher les bavardages et surveiller le travail. C'était un étranger ; cependant le cœur de Rosette semblait lui dire le contraire. Elle eut le sentiment de l'avoir déjà rencontré, et en même temps une joie profonde, un respect extraordinaire la pénétraient.

« Jésus ! murmura-t-elle. Le Maître ici, à la filature !... »

Mais l'Inconnu ne lui laissa pas le temps de raisonner, car il s'approcha d'elle, les mains pleines de cocons. Il les déposa devant elle et lui demanda d'une voix douce :

— Veux-tu travailler pour moi ?

— Pour toi, Maître, s'écria-t-elle ; ah ! ce sera facile. Que n'ai-je tous les jours à travailler pour toi !

Elle se mit aussitôt à l'ouvrage. Avec quelle ardeur elle travaillait ! Les cocons se dévidaient à vue d'œil, la roue tournait plus vite qu'à l'ordinaire, mais Rosette ne s'en apercevait pas. Jamais ses doigts n'avaient filé si agilement.

« C'est pour lui ! » se disait-elle.

Elle ne craignait pas la fatigue ; elle ne craignait pas les brûlures. Elle ne redoutait qu'une chose : c'est que son travail ne fût mal fait, et que celui pour qui elle travaillait ne fût pas content.

Dans le profond silence de la filature, Rosette entendait chanter son cœur au dedans d'elle :

« C'est pour lui, c'est pour lui ! »

La roue qui tournait derrière elle semblait répéter la même chose ; et les abeilles qui entraient par la fenêtre ouverte bourdonnaient, elles aussi :

« C'est pour lui ! c'est pour lui ! »

Tout chantait ; les cocons eux-mêmes, tout échaudés qu'ils fussent. Rosette les entendit ; elle ne l'aurait pas cru si elle n'eût distinctement compris les paroles :

LA CHANSON DU COCON

Je suis la tombe des chenilles ;
Mais on dit que je suis de l'or
Et que le cœur des jeunes filles
Me convoite comme un trésor.
Moi, pauvre petit cocon jaune,
Je ne le crois pas : je sais bien
Que je ne puis charmer personne...
Mais peut-être ne sais-je rien ?

Il faut que chacun se dévoue :
Dévouons-nous, gais cocons d'or !
De notre fil couvrons la roue
Qui tourne, tourne et tourne encor.
Pourquoi faire ? — Un manteau de reine,
Assure-t-on. Mais je sais bien
Que nous n'en valons pas la peine...
Peut-être aussi ne sais-je rien.

On affirme que toute chose
Même la terre, tourne aussi.
Pourquoi ? J'en ignore la cause
Et ne m'en fais aucun souci.
Gais cocons d'or, vite à l'ouvrage !
Nous obéissons, tout est bien ;
Celui qui nous dévide est sage...
Qu'importe si je ne sais rien !

Dans la vapeur et la fumée
Sautons, gais petits cocons d'or !
Sautons, c'est notre destinée
Tant qu'on peut nous filer encor !

> Il faut mourir, mais notre soie
> Reste après nous, et je sais bien
> Qu'en mourant j'aurais moins de joie
> Si je n'eusse été bon à rien !

Ainsi chantaient les cocons sous la main de la jeune fille. Cependant l'ouvrage n'avançait guère. En vain y mettait-elle toute son ardeur, le tas des cocons à filer était toujours le même. Elle se retourna pour regarder la roue. Elle était vide !

« Que veut dire ceci ? s'écria Rosette. »

Elle examina le fil qu'elle tenait aux doigts, elle regarda dans son bassin, elle ne vit rien d'insolite. Le fil paraissait bien se diriger vers la roue, et pourtant elle était vide !

Rosette s'arrêta, mit sa tête dans ses deux mains et se prit à pleurer.

« Que je suis malheureuse ! sanglotait-elle. Quel ennemi veut donc m'empêcher de travailler pour mon Maître ? Jamais, auparavant, quand je travaillais pour moi, pareille chose ne m'est arrivée. Et quand c'est pour lui, je ne puis plus rien faire ! Que dira-t-il quand il reviendra ? »

IV

— Courage ! dit une voix à côté d'elle. Elle releva la tête et vit le Seigneur.

— As-tu achevé ? demanda-t-il avec un sourire.

— Oh! Maître! j'ai à peine commencé! J'ai travaillé longtemps et avec ardeur, car c'était pour toi, et regarde, Maître, regarde!

Et la pauvre fille montrait sa roue vide, le chétif fil de soie qu'elle tenait entre ses doigts, le seul résultat visible de son travail.

— Cela va bien, dit-il. Suis-moi, viens recevoir ton salaire.

L'ouvrière se leva, tremblante, et le suivit. Il se dirigea vers la salle voisine, la chambre du pesage, où sont réglés les comptes chaque quinzaine.

Bien des fois auparavant, Rosette était entrée dans cette chambre; bien des fois elle y était allée avec un cœur ému, se demandant si le patron serait satisfait, si la soie serait assez lourde, si la paie serait bonne. Mais jamais elle ne s'était trouvée en de telles angoisses. Cependant, elle espérait. N'avait-il pas dit: cela va bien!

La porte s'ouvrit, et Rosette recula, étonnée. Ce n'était pas la vulgaire chambre qu'elle connaissait, mais un salon magnifique, orné de tentures superbes, et rempli d'une lumière si douce, si pure, que chaque chose semblait être transparente.

Au milieu de cette salle était un grand siège vide; un siège somptueux, autour duquel se tenaient des créatures vêtues de blanc, dont elle ne put voir le visage parce qu'elles étaient prosternées.

Celui qui l'avait précédée marcha rapidement devant elle et s'assit sur le siège qui semblait l'attendre. Il était toujours le même, et pourtant il était plus resplendissant que tout à l'heure.

L'une des créatures qui se tenaient près de lui déploya sous ses yeux une étoffe admirable, toute brochée d'or et d'argent, et ornée de dessins merveilleux.

— Regarde, dit le Maître à la jeune fille. Reconnais-tu cela ?

— Non, répondit-elle à voix basse.

— C'est ton travail, reprit-il. La soie que tu ne voyais pas, elle était tissée ici pendant que tu la filais là-bas !

— Mais ce n'est pas possible, s'écria Rosette. Ce n'est pas la même, ou c'est un miracle !

— C'est un miracle, en effet, répondit-il en souriant encore. Et cette robe sera ta récompense. La veux-tu ?

Alors il sembla se livrer comme un combat dans le cœur de Rosette. Mais il ne dura qu'un instant :

— Seigneur, dit-elle, j'ai travaillé pour toi. Ce n'est pas moi qui ai fait ceci ; cette étoffe est trop belle pour que j'ose m'en revêtir, mais c'est tout ce que j'ai, puisque tu me le donnes, et je le mets à tes pieds.

Alors le Maître la regarda avec tendresse, et lui dit seulement : « Merci ! »

Quand Rosette s'éveilla, appuyée contre le châtaignier, la nuit était déjà venue. Elle reprit toute pensive le chemin de Sermane.

« Tu es un bon Maître, dit-elle, en levant au ciel ses yeux pleins de larmes paisibles. Oui, c'est pour toi que je veux travailler. »

Des aventures d'un chardonneret

I

C'EST L'HEURE de la sieste pour les hommes et même pour les oiseaux. Que peut-on faire de mieux que de sommeiller, en juillet, entre une heure et deux? Les volets sont à peine entrebâillés pour laisser pénétrer dans la chambre silencieuse un mince filet de lumière; et sur l'appui de la fenêtre où la cage a été posée pour que les oiseaux aient à la fois de l'ombre et de l'air, deux camarades, le Canari et le Chardonneret, dorment côte à côte, perchés sur le même barreau.

De temps en temps l'un d'eux entr'ouvre un œil terne, secoue un peu ses plumes et va picorer un grain ou deux, puis vient reprendre auprès de son compagnon la sieste interrompue.

La cage est belle, propre, bien tenue; une petite baignoire contient une provision d'eau aussi fraîche qu'elle peut l'être par ce temps de chaleur; toutes sortes de bonnes choses abondent dans les mangeoires; bref, nos oiseaux n'ont qu'à se laisser vivre. La douce existence que celle-là!

C'est du moins ce que pensait le Canari en contemplant sa maison de son œil à demi fermé, et en se balançant sur son perchoir. Il ne put s'empêcher de communiquer ses impressions à son voisin.

— Avoue tout de même, mon cher, que nous avons une vie agréable!

Le Chardonneret, brusquement réveillé, n'eut pas l'air de partager assez promptement l'enthousiasme de son ami, car celui-ci reprit en s'animant :

— Comment, cela ne te suffit-il pas? Des graines fraîches tous les jours, de l'eau pure, du soleil et de l'ombre suivant la saison; franchement, nous sommes gâtés par la nature, et tu serais bien difficile si tu n'en convenais pas. Que nous manque-t-il donc pour être heureux?

— Quelque chose, soupira le Chardonneret.

— Et quoi donc, je te prie?

— La liberté!

— Ah, ah, ah! Le voilà encore avec ses rêves! La liberté, qu'est-ce que cela? Est-ce que c'est une graine que nous n'avons pas? Est-ce que cela se mange? Mon ami, sois donc comme moi; je suis positif, je suis un oiseau de mon siècle. Né en cage, je m'y trouve bien, et j'en conclus que nous avons été fait, moi pour la cage et la cage pour moi. Voilà ma philosophie. Foin de ces grands mots qu'on ne comprend pas! Le Chardonneret secoua la tête :

— Canari, mon cher camarade, tu ne me comprendras jamais. Nous ne sommes pas faits de la même manière…

— Merci du compliment ! voyez un peu cette arrogance !

— Je veux dire que nous ne voyons pas les choses de la même façon. Tu n'as jamais rien vu de mieux que ta cage…

— C'est aussi la tienne, interrompit le Canari.

— Tandis que moi, reprit le Chardonneret, j'ai conservé le souvenir d'un temps et d'un pays bien différents de ceux où nous sommes.

— Bon, le voilà de nouveau avec ses histoires. Bah ! cela nous fera toujours passer un petit moment ; raconte-moi donc encore tes rêves, Chardonneret. Cela nous amusera.

— Ce ne sont pas des rêves, reprit le Chardonneret, quoique cela me paraisse maintenant très confus et très éloigné. Je sais que tu n'y crois pas, mais cela ne fait rien, j'aime à le raconter, puisque le souvenir est tout ce qui m'en reste !

Le Canari cligna deux ou trois fois de l'œil d'un air moqueur ; cependant il se campa sur ses pattes et se disposa à écouter le récit du Chardonneret :

II

— Je me souviens d'un temps où j'étais beaucoup plus petit qu'aujourd'hui, dans une sorte de trou rond qu'on appelle nid, tout tapissé de mousse. Nous étions cinq ou six fraîchement éclos, et nous avions un père et une mère.

L'endroit que nous habitions était charmant. Il y avait plus d'ombre et de fraîcheur qu'ici ; au-dessus de nous s'étendaient, comme une grande cage verte, les rameaux d'un arbre.

— Comme ceux qui sont sur le boulevard en face, souffla le Canari...

— Oh ! bien plus beaux. Il n'y avait point de poussière sur les feuilles, et quand le vent soufflait dans les branches, il faisait si bon, si frais ! Notre nid n'était pas le seul ; sur tous les arbres, dans toute la forêt (cela s'appelle une forêt) on entendait chanter des oiseaux de toute espèce.

— Y avait-il des canaris ? demanda le compagnon.

— Je ne sais pas, je n'en ai jamais vu.

Le Canari cligna de nouveau de l'œil. Pauvre rêveur ! murmura-t-il. Mais le Chardonneret continua :

— Notre mère nous nourrissait de ce qu'il y a de meilleur, qu'elle allait chercher très loin : des insectes, des graines que je ne trouve pas ici et que tu n'aimerais peut-être pas, mais nous les trouvions si bonnes ! Et, pendant que nous attendions le retour de notre mère, tranquillement couchés au fond du nid, le père chantait pour nous, sur quelque branche voisine. Peu à peu les forces nous vinrent, nous grandissions. Nous montions les uns sur les autres, nous faisions toutes sortes de jeux au fond du nid, qui devenait trop étroit. Nous pûmes bientôt grimper sur le bord et contempler devant nous le vaste monde. La première fois que j'y grimpai, je me souviens encore quelles émotions s'emparèrent de moi. Point de volets pour barrer la vue ! De toutes parts de la verdure, des arbres, de la mousse ; un ruisseau coulait à quelques pas de nous, et le regard se perdait dans une admirable perspective.

— Bientôt, disait notre mère en parlant à notre père, ces enfants vont pouvoir partir. Regarde, leurs ailes poussent déjà !

J'entendis cette conversation, et je me sentis tout fier. Partir ! Bientôt partir ! Et pourquoi pas maintenant, tout de suite ? Car le nid commençait à m'ennuyer, je trouvais mes frères insupportables ; par-dessus tout, je trouvais indigne de moi d'être nourri comme un petit oiseau, rien qu'en ouvrant le bec, comme si je n'étais pas d'âge à me suffire. Je regardais mon père, et je ne lui trouvais pas des ailes beaucoup plus longues que les miennes. Je commençais à chanter presque aussi bien que lui. Qu'avais-je besoin de tutelle ? Je saurais bien me tirer d'affaire tout seul.

— Tu voulais la liberté, railla le Canari.

— Oui, je voulais la liberté !

Choisissant un moment où mes parents n'avaient pas l'œil sur nous, je dis adieu à mes frères et à mes sœurs qui voulaient me retenir, j'escaladai le bord du nid, j'ouvris mes ailes, et tout à coup…

Ici le conteur s'arrêta, visiblement ému.

— Eh bien, quoi ? demanda le Canari.

— Tout à coup, je me trouvai gisant par terre ; j'étais encore trop faible, je n'avais pas même pu atteindre l'arbre voisin !

Tu dois bien supposer que j'appelai de toutes mes forces. Toute la famille se mit aux fenêtres, et mon père vint à moi du haut de son arbre. Mais que pouvait-il faire ? D'ailleurs il n'eut pas le temps de réfléchir, car un enfant vint à passer. Mon père s'enfuit, je restai seul. L'enfant me vit, me ramassa, m'apporta ici, et c'est depuis lors que je suis ton camarade.

— En voilà des histoires ! dit le Canari. Mon pauvre ami, tu as rêvé tout cela. Moi aussi j'ai eu un nid, mais c'était dans cette cage ; il était fait de coton moelleux qui valait bien ta mousse. J'ai eu un père et une mère qui ont disparu un beau jour, et franchement, soit dit sans leur manquer de respect, ce n'était pas trop tôt, car la cage était trop petite pour nous trois. Mon père était né en cage, ma mère aussi, et c'est comme cela que naissent tous les oiseaux. Tu as rêvé ta forêt, tes rameaux verts, ton ruisseau, et tu as aussi rêvé ta chute !

— Je le voudrais bien ! soupira le Chardonneret. Mais ma chute n'est que trop vraie, et tout le reste aussi ! Comment peux-tu ne pas désirer la liberté ? Ne sens-tu pas tes ailes ? N'as-tu pas vu les hirondelles passer près de nous quand arrive le soir ? En voilà bien qui ne sont pas nées en cage !

— Les hirondelles ne sont pas des canaris ! se contenta de répondre l'esprit fort. Bah ! moi aussi j'ai des rêves, moi aussi je vois des choses impossibles… Mais je chasse toutes ces idées-là. Vois-tu, mon ami, un oiseau raisonnable ne connaît que deux choses : son perchoir et sa mangeoire ; tout le reste n'est que folie. Je te répète ce que je t'ai dit souvent : puisque la cage est faite pour l'oiseau, l'oiseau doit être fait pour la cage ! C'est de la logique, cela, hein ?

— Non, non ! s'écria le Chardonneret. Que la cage soit faite pour nous, c'est possible ; mais ce que je sais, ce que je sens, c'est que moi du moins, je ne suis pas fait pour la cage !

Le Canari ne répondit à ces paroles que par un piaillement moqueur ; puis clignant deux ou trois fois des yeux, il finit par se rendormir.

III

Cependant le Chardonneret était trop agité pour recommencer sa sieste. Il voletait çà et là dans la cage étroite, poussant de temps en temps un petit cri qui ressemblait à une plainte.

Oh! le bosquet natal! le nid sous la feuillée! le frais ruisseau coulant dans l'herbe et dans la mousse! oh! le paradis entrevu, un instant possédé et perdu pour jamais!

Comme il songeait ainsi, quelque chose attira son attention. C'était, tout près de la mangeoire, deux barreaux moins rapprochés que les autres, un espace plus large… le cœur du Chardonneret battit plus fort. Il s'approcha; l'ouverture était encore assez étroite, mais, peut-être qu'avec un effort… l'oiseau passa sa tête dans l'intervalle des deux barreaux, il essaya d'y passer les deux épaules, mais il ne pouvait y réussir. Il se retira pour recommencer après avoir repris ses forces. Avant d'essayer de nouveau, il appela son compagnon.

— Qu'est-ce encore? grommela le Canari éveillé en sursaut.

— Viens donc! J'ai trouvé une issue, nous pourrons sortir d'ici! Viens avec moi et tu verras que ce n'est pas un rêve, la forêt et la liberté.

Le Canari ricana, sans bouger de sa place.

— Mais tu rêves encore, mon pauvre ami. Allons, laisse-moi tranquille!

Le Chardonneret ne dit plus rien, mais il reprit ses efforts de plus belle. Ah! qu'il se donnait de peine! Et malgré tout, il ne pouvait sortir. L'ouverture était trop étroite : c'est à peine s'il pouvait avancer jusqu'à la moitié du corps. Il y perdait ses plumes, il meurtrissait ses ailes et n'avançait pas ! Soudain, il ne put même plus reculer. Il était pris entre les deux barreaux comme dans un piège. Le pauvre oiseau se mit à pousser quelques cris de détresse qui réveillèrent le Canari.

— Qu'arrive-t-il ? cria-t-il de son barreau. Il ouvrit les yeux et vit la position de son camarade. Ah ! ah ! voilà donc où les beaux rêves conduisent ! Voilà ce que c'est que de vouloir conquérir des choses impossibles. Tu ne sais donc pas, malheureux, que si je ne t'aidais pas, tu pourrais bien mourir là de soif et de faim ?

— Eh bien, tant pis ! cria le Chardonneret, j'aime mieux mourir en cherchant la liberté, que de vivre dans l'esclavage.

Les cris des oiseaux avaient attiré près de la fenêtre une femme qui, d'un coup d'œil, vit le danger du chardonneret.

Elle appela son enfant :

— Regarde, dit-elle. L'oiseau que tu as ramassé dans le bois a gagné des forces, il est devenu grand. Le voilà qui essaie de se sauver. Que faut-il faire ?

L'enfant regarda sa mère ; il lut dans ses yeux pleins de bonté.

— Lui rendre la liberté, répondit-il.

Et la porte de la cage s'ouvrit ; une main délicate saisit l'oiseau craintif. Une minute après, il était parti.

Parti pour la forêt, parti à travers l'air libre, pur ! Oh ! il n'hésita pas longtemps ! Un admirable instinct le guidait ; en quelques coups d'ailes — il était devenu fort — il eut retrouvé les lieux où il était né.

— Le voici ! le voici ! crièrent mille voix, remplissant la forêt de leurs chants joyeux.

La sienne se joignit à elles, et sur les branches de l'arbre natal le Chardonneret se mit à chanter, à pleines roulades, l'hymne de la vie et de la liberté.

V

— Et le Canari, mère ? demanda l'enfant.

— Laisse-le, répondit la mère. Il est né en cage, il ne connaît rien de mieux ; il ne saurait que faire dans le bois, il ne saurait même y atteindre. La liberté n'est pas pour lui. Laisse-le à son perchoir et à sa mangeoire !

L'AUTEUR AU LECTEUR

On me dit que sans explication, mon conte ne vaudra rien. Moi, je crois que l'on nous fait injure à tous deux ; mais enfin, pour satisfaire tout le monde, voici l'explication demandée :

L'oiseau qui a voulu partir trop tôt de son nid, et qui est tombé par terre — vous le connaissez, c'est vous, c'est moi, c'est l'humanité tout entière.

La cage, c'est ce monde de misère et de souffrances, cette terre si belle pourtant, qui est faite pour nous, mais pour laquelle nous n'avons pas été faits.

Les vains efforts du Chardonneret pour retrouver la liberté, ses regrets et ses plaintes, — vous les connaissez aussi, — vous qui cherchez le salut et la paix du cœur dans les pratiques de la religion, sans trouver ce que vous cherchez !

Et la main, la main secourable qui ouvre la cage, vous y saisit et vous donne la liberté, la paix et la vie, — ne l'avez-vous pas sentie ? Ne savez-vous pas que c'est celle de Jésus-Christ, d'accord avec le Père céleste pour vous sauver ?

La forêt, le séjour délicieux de la joie et des chants, le lieu où croît l'arbre de vie — cherchez dans votre Bible, à la première page et à la dernière, vous en verrez deux fois la description. C'est le paradis que nous avons perdu, et c'est le ciel que Jésus-Christ nous rend.

Quant au Canari, lecteur, n'en parlons pas. Nous ne sommes pas des esprits forts de sa trempe ; ni vous ni moi n'avons, je l'espère, rien de commun avec cet orgueilleux petit personnage.

Frayeur nocturne

I

L'AMICALE FORÊT, pleine de chansons et de bruits joyeux, s'est peu à peu transformée. Le soleil s'est couché ; tous les oiseaux ont cessé de chanter. Sous les arceaux formés par les arbres, l'ombre flotte, pareille à une grande draperie noire ; la forêt ressemble à une cathédrale immense, où les rares étoiles qui paraissent là-bas font l'office de cierges, tandis que le vent remplace l'orgue aux accents funèbres : une cathédrale ornée pour la fête des morts.

Un voyageur marche, d'un pas rapide, sur la route déserte. Cette obscurité grandissante, ces clartés mélancoliques, cette voix désolée du vent l'emplissent d'un vague effroi. Et, tandis que l'ombre augmente, son malaise grandit. Bientôt les ténèbres deviennent sinistres. C'est une nuit sans lune, une nuit d'orage, les étoiles se sont cachées. Les arbres au bord du chemin deviennent menaçants ; ce ne sont plus les piliers d'une cathédrale, mais une succession de potences où se balancent des fantômes. Le vent ne pleure plus comme les grandes orgues; il sanglote, il hurle au fond des gorges lointaines; et les accalmies qui se produisent par intermittences rendent plus lugubres encore ces cris désespérés. Le voyageur frissonne jusqu'à la moelle des os; son pas devient hésitant; tantôt, baissant la tête, il se lance à corps perdu dans les ténèbres; tantôt, dressant l'oreille, il s'arrête brusquement. Il n'ose regarder en arrière, et il n'avance qu'en tremblant.

Cependant, qui le croirait? Le pauvre homme essaie de chanter. Mais on ne s'y tromperait guère : sa voix chevrote et trahit son effroi; il chante fort, mais il chante faux. Au beau milieu d'un point d'orgue, il s'interrompt, fait une pause, prête l'oreille; puis il reprend plus fort, pour se donner du courage. Oh! la sombre nuit! oh! la longue route! Quand donc viendra la fin?

II

Soudain tout son sang s'est glacé.

A quelques pas de lui, près du fossé, il vient d'apercevoir une ombre formidable : une ombre d'homme qui, les bras en avant, le tient en joue. Miséricorde! c'est un bandit! Il s'arrête, il le considère, les yeux agrandis par la peur : pas de doute, l'homme est bien là, immobile et menaçant, et les cheveux du voyageur se hérissent. Il jette un regard autour de lui, partout les ténèbres, les complices du crime! Bien sûr, les deux côtés de la route sont remplis de voleurs en embuscade, dont celui-là n'est que la sentinelle! Fuir est impossible; lutter, encore plus. Céder, sauver sa vie à tout prix? c'est sa seule ressource. Et d'une voix étranglée le malheureux crie au bandit, en faisant un pas vers lui : « Qui va là? »

Mais l'homme n'a pas bougé. Alors le voyageur se sent perdu. Dans le bruit de la tempête, il croit entendre des ricanements sauvages. « Grâce ! » cria-t-il à l'apparition terrible, « grâce ! » Et, vaincu par la peur, il tombe évanoui.

III

A cette même heure, un autre homme vint à passer sur ce chemin. Il chantait, celui-là, mais sans tremblement dans la voix. Il chantait, non pour couvrir l'orage, mais pour n'y pas penser ; sa voix était moins forte, mais plus juste, il chantait parce qu'il était joyeux : cette étape, la plus sombre de toutes, était la dernière, il allait arriver chez lui.

Sans doute, pour lui aussi la forêt était noire, mais la route ne l'était pas. Il ne voyait pas tout, mais il voyait son chemin. Car il tenait à la main une lumière brillante, une lanterne bien fermée que la tempête faisait parfois vaciller, mais qu'elle ne pouvait éteindre.

Il arriva près de l'homme évanoui et s'arrêta, étonné. « Serait-ce un crime ? » se dit-il en dirigeant sa lanterne vers le visage de l'inconnu, qui ouvrit les yeux et répéta, en voyant avec terreur quelqu'un debout près de lui : « Grâce, grâce ! »

— N'ayez pas peur, dit le nouveau venu. Je suis un voyageur comme vous. Que vous est-il arrivé ? Etes-vous blessé ? N'ayez pas peur, répondez-moi !

— Là, un brigand ! reprit le premier voyageur en montrant du doigt le terrible fantôme.

L'homme tourna sa lanterne vers l'endroit fatal : — Un brigand, là ?... Mais je ne vois personne, et il n'y a rien, à cet endroit, qu'un poteau indicateur.

En parlant ainsi, il montrait à son compagnon une grande croix, plantée au bord de la route, et sur laquelle se lisait la distance jusqu'au prochain village.

Honteux de ses fausses alarmes, le poltron se releva : — Ah! vous avez une lumière, vous, dit-il à l'autre ; vous pouvez vous moquer de moi! mais jamais je n'oublierai cette nuit affreuse.

— Moi, me moquer de vous ? Non, mon ami, je vous plains seulement de n'avoir pas de lumière. Laissez-moi vous accompagner. Venez, ma maison n'est pas loin, et pour cette nuit elle sera la vôtre.

IV

Lecteur, ne riez pas, vous non plus, de la poltronnerie de cet homme. Car cette forêt, c'est la vie, ces ténèbres, c'est le péché, ce voyageur, c'est vous.

Osez dire que vous n'avez jamais eu peur!

Quiconque chemine sans lumière en ce monde, voit dans chaque chose un ennemi, et dans la mort le plus cruel de tous. Ces choses qui paraissent si belles au jour, les arbres et les buissons de la route, deviennent des menaces, des objets de crainte et de terreur. Beaucoup souffrent de leur richesse plus que d'autres de leur misère. L'amicale forêt, la vie si pleine de biens, la terre que Dieu fit si belle, obscurcie par le péché qui déforme toutes choses devient un coupe-gorge, et nul ne la traverse sans des frayeurs inouïes, à moins d'avoir une lampe à la main.

Mais celui qui possède ta lumière, ô Jésus, ne tremble point. Là où le péché abonde, ta grâce surabonde. Il ne voit pas tout, mais il voit son chemin. Il ne sonde pas tous les mystères du mal, mais il voit pas à pas se dérouler devant lui la route du bien. Il a des tristesses, mais point d'angoisses ; il y a de l'ombre, mais elle est vide de fantômes. Il marche dans la lumière : ce n'est pas le jour éclatant, mais ce n'est pas la nuit noire. Et, lorsqu'il rencontre un pauvre voyageur vaincu par l'effroi de la mort, il peut lui dire : « Frère, relève-toi ! Regarde en face ce qui te fait trembler ! Ce n'est pas un brigand qui te menace, c'est un ami qui t'appelle. La mort, mon frère, quand on marche avec cette lumière-ci, c'est un poteau indicateur, le dernier de la longue route, qui dit au voyageur lassé : « Ici, tout près, est le repos ! »

Noël

I

Quand le Roi eut réuni autour de son trône la foule innombrable de ses princes, de ses ministres, de ses serviteurs, il se fit un grand silence. L'auguste assemblée était sous l'impression que de grandes choses allaient avoir lieu.

Le Roi prit la parole et dit :

— Vous savez tous que mon empire s'étend d'un bout du monde à l'autre, et que, jusqu'à ce jour, la douceur de mon joug plus encore que ma puissance, a retenu tous mes sujets dans la soumission. Mais peut-être quelques-uns de vous ignorent-ils qu'il y a là-bas, à l'extrémité de mon royaume, une province peu étendue qui s'est révoltée contre moi.

Un murmure courut dans les rangs de l'assemblée, mais le Roi continua :

— Je ne serai satisfait que lorsque ces rebelles auront été remis dans le devoir. Ils sont peu nombreux, il est vrai, de plus, ils sont aussi faibles que lâches ; cependant, ils sont aussi mes sujets. Ils se sont mis sous le sceptre d'un tyran qui les opprime. Je les aime, et je voudrais, en les faisant rentrer dans l'unité de mon empire, leur rendre la liberté qu'ils ont perdue.

Le Roi se tut un instant, et aussitôt l'un de ses ministres prit la parole :

— Envoie-moi, Seigneur, dit-il en s'inclinant devant le trône. Il n'est pas nécessaire que, pour reconquérir une province révoltée, toute notre armée parte en guerre. Ma légion suffira. En quelques jours, j'aurai raison des rebelles par la douceur ou par la force, et je t'apporterai les clefs de leur ville.

D'autres serviteurs du grand Roi s'approchèrent du trône et chacun réclamait pour lui l'honneur de cette expédition lointaine.

Cependant, parmi les serviteurs subalternes et les soldats qui se tenaient aux portes du palais, le bruit avait couru qu'une province s'était révoltée et qu'une expédition se préparait contre elle. L'indignation de tous était grande, et chacun apprêtait ses armes, ambitionnant, lui aussi, l'honneur d'être au nombre de ceux qui s'en iraient, là-bas, châtier les rebelles.

II

Soudain, un mouvement se fit dans la foule. On s'écartait avec respect. En un instant, le silence fut rétabli. Un sourire parut sur le visage du Roi, quand il vit son Fils s'approcher du trône et en gravir les degrés.

Vivante image du Souverain, il avait sa majesté rayonnante, son regard ferme et doux, sa voix puissante. Et le Père tendit la main à son Fils, et celui-ci parla :

— Me voici, ô Père, pour faire ta volonté. J'irai et je ramènerai ce peuple, car ta gloire est la mienne. Laisse-moi partir aujourd'hui même.

Une ombre passa sur le front du Roi. Il lut dans les regards de son Fils sa résolution arrêtée. Il devina à quel prix, par quel sacrifice, il allait faire cette conquête. Mais si le Fils ne reculait point devant la tâche, le Père, lui aussi, saurait être fort. Et regardant avec une douceur ineffable cet unique héritier de son royaume, ce Fils tendrement aimé, le Roi dit simplement :

— C'est bien. Va.

III

A ce mot, le palais retentit d'acclamations et de bruit. Le brillant état-major donnait des ordres, les soldats s'apprêtaient au départ. Une nombreuse foule se pressait autour du Prince, le suppliant de désigner quels généraux, quels officiers, quels corps d'armée il désignait, pour aller écraser avec lui la troupe des rebelles.

Mais Lui, faisant d'un geste cesser tout cet émoi, leur dit : « C'est inutile, j'ai résolu d'aller seul. »

Les officiers, les ministres se regardèrent.

— Quoi, prince, s'écrièrent-ils, seul ! Mais tu n'y songes pas... ils ne te recevront point... Ils te maltraiteront...

— Ils me tueront, ajouta tranquillement le Fils du Roi.

— Non, non, nous ne te laisserons point aller seul, s'écrièrent-ils tous ensemble.

Mais le Prince reprit :

— J'irai seul, et je les ramènerai tous. Vous pourriez les vaincre, les écraser, les détruire, mais moi seul je puis les sauver. Ils me tueront, mais ma mort sera leur vie, et vous savez, leur dit-il, avec un sourire, que le Fils de votre Roi ne meurt jamais.

Ce jour-là même, dans un village nommé Bethléem, en Judée, au fond d'une grotte qui servait d'étable, un petit enfant vint au monde. Une étoile brillait sur son front. Au-dessus de son berceau, d'invisibles phalanges le regardaient avec étonnement, avec admiration, avec amour. Et on lui donna le nom de Jésus, qui signifie : *Sauveur.*

Le roi du monde

I

Autour d'un trône élevé, une vaste assemblée était réunie : ce trône était vide, et cette assemblée tumultueuse avait pour objet de désigner celui qui devait l'occuper.

Je regardais, et je vis, dans cette foule, les plus grands de tous les hommes ; quelques-uns tels que l'histoire nous les a dépeints, mais d'autres, en plus grand nombre, me seraient demeurés inconnus, tant ils étaient différents de ce qu'on les a faits, si je n'eusse entendu leurs noms répétés par la multitude.

— C'est à moi que ce trône appartient, disait un jeune homme encore aux trois quarts ivre. Je m'appelle Alexandre ; j'ai porté mes armes victorieuses jusqu'aux Indes et j'allais être le roi du monde quand...

— Que dit cet enfant ? Ce trône est à moi, dit d'une voix brève un autre homme que ceux qui l'entouraient nommaient Jules-César.

Je ne suis pas un vulgaire conquérant, mais un civilisateur. C'est moi qui créai l'empire romain, et j'eusse créé l'empire universel, si le poignard de Brutus...

— Vous n'êtes que des païens, s'écria un troisième personnage, qu'à sa longue barbe blanche et au globe surmonté d'une croix qu'il portait à la main, je reconnus pour Charlemagne. Je suis le seul empereur légitime, car j'ai été sacré par le pape. C'est à moi qu'appartient ce trône : je l'ai mérité quand, en un seul jour, je fis baptiser trente mille Saxons. Mes victoires étaient des actes de piété. J'eusse certainement fondé la monarchie universelle, si la mort ne m'eût arrêté en route.

Après lui, Mahomet, Tamerlan, Charles-Quint, Henri IV, Napoléon parlèrent. Chacun d'eux, avec des raisons très plausibles, défendait ses droits. Et, en effet, chacun d'eux avait rêvé de son vivant le trône du monde, et quelques-uns avaient été bien près de le posséder.

Dans un coin se tenait la foule dédaigneuse des philosophes. Parmi eux, Pythagore, Socrate, Platon, Aristote, Caton, Cicéron, Sénèque, Diderot, Rousseau et Voltaire occupaient le premier rang. Ils étaient plus nombreux encore que les conquérants et leurs clameurs étaient tout aussi passionnées.

— Que réclament ces hommes violents, ces champions de la force brutale ? La véritable royauté est celle de l'esprit, elle est à nous.

— Ne sommes-nous pas les représentants de la Grèce, dont l'antique sagesse gouverne encore le monde ? disaient les uns.

— N'avons-nous pas pétri le caractère de cette Rome puissante dont l'ombre même vous fait encore tressaillir? disaient les autres.

— Et nous, criaient les derniers, ne sommes-nous pas les pères de la Révolution française qui a régénéré le monde?

Dans une autre partie de l'assemblée étaient les savants, les inventeurs. L'un prétendait régner par la poudre à canon, l'autre par l'imprimerie, un troisième par l'électricité. Là non plus, on n'était pas près de s'entendre.

Enfin, les poètes fermaient le cercle. Ils y étaient tous, d'Homère à Shakespeare. Et le bruit de toutes ces lyres ensemble, disputant pour la royauté universelle, était moins harmonieux que l'on ne s'y fût attendu.

Comme tous ces gens disputaient ainsi à haute voix, il y eut soudain, au pied du trône, une sorte d'éboulement. Un trou béant, profond de plusieurs pieds, venait de se creuser. Et tous regardèrent étonnés.

Bientôt une voix sortit des profondeurs de cette fosse.

— Rois et philosophes, savants et poètes, vous tous, hommes grands et petits, voici votre Roi!

La voix était mordante et railleuse; et tous se penchèrent, et virent sortir de ce trou noir un être immonde qui s'avançait lentement, déployant ses longs anneaux sur la poussière et se dirigeant vers le trône : Un Ver! Et tous ces hommes reculèrent avec effroi, car chacun d'eux avait reconnu son maître.

Déjà le ver était au pied du trône ; il allait se glisser de marche en marche, quand, du trou qu'il avait laissé béant derrière lui, on vit apparaître Quelqu'un. Ce n'était pas un roi, car il n'avait ni sceptre ni couronne. Ce n'était pas un soldat, car il n'avait point d'épée. Ce n'était pas un philosophe, ni un poète, ni un savant, car il n'avait rien dans les mains… Rien que des traces sanglantes, comme si des clous les avaient percées.

Il fit un pas hors du sépulcre, et posant son pied sur le ver de terre qui avait fait reculer tous ces hommes puissants, il l'écrasa. Puis il monta sur le trône et s'y assit. Et chacun fit silence devant lui, grands et petits.

Et les petits, les humbles, les opprimés l'adorèrent, car ils avaient reconnu en lui le seul vainqueur, le seul sage, le seul libérateur, le seul digne de régner sur le monde, parce que, seul, Il est RESSUSCITÉ !

La Bête

I

JADIS EXISTAIT une ville riche et civilisée. Elle était peuplée d'une race intelligente ; le culte de l'art et du plaisir y était poussé jusqu'à la perfection.

Là se voyaient des maisons opulentes entourées de jardins splendides ; des théâtres qui regorgeaient chaque soir d'une foule élégante ; des musées remplis de chefs-d'œuvre. Ville d'abondance, de luxe, de joie et de lumière, ainsi l'aurait décrite un observateur superficiel.

Cependant les rares étrangers qui visitaient cette ville remarquaient sur le front de tous ses habitants une empreinte extraordinaire. On eût dit que quelque horrible bête les avait, dès leur naissance, marqués de sa griffe. Cette empreinte devenait de plus en plus visible à mesure que l'enfant avançait en âge, et le front des vieillards, malgré la majesté des cheveux blancs, devenait hideux sous cette flétrissure. Et tous, les riches comme les pauvres, les premiers plus que les seconds peut-être, avaient dans les yeux quelque chose de furtif et d'effaré, semblable à l'expression qui se répand sur les traits d'un homme qui traverse, la nuit, une forêt hantée. L'aspect de tous ces visages effrayés dans une ville close, assis à un banquet ou à un spectacle, la contradiction permanente entre leur frayeur native et leur apparente gaieté, se présentait à l'observateur comme le plus étrange des problèmes.

Ces gens ne voyageaient jamais : on ne voulait pas d'eux dans les cités environnantes, à cause du mauvais renom de leur ville. Et bien rares étaient les voyageurs qui s'arrêtaient dans leurs murs : les rugissements de la Bête les en chassaient presque aussitôt.

Quelle était donc cette Bête mystérieuse ?

Au centre de la ville s'étendait un amas de ruines, au milieu desquelles croupissaient des eaux stagnantes que bordait et recouvrait une végétation malsaine. Ce marécage avait jadis été le palais royal, bâti par le fondateur et le père de la nation. On voyait encore des pierres sculptées, des tronçons de colonnes, émerger çà et là du cloaque, et l'on pouvait deviner quelle avait été la splendeur du palais renversé. L'histoire rapportait que le patriarche vénérable à qui tous ces hommes devaient leur existence, avait été chassé pas ses fils révoltés.

Depuis lors, dans un antre formé par les ruines au bord de l'affreux marais, un être immonde faisait son repaire. C'était une Bête, ou peut-être une légion de bêtes, car son rugissement semblait partir de plusieurs lieux à la fois. A quelle espèce appartenait-elle ? Nul ne le savait. Sa voix était celle du lion, ses yeux flamboyaient comme ceux du loup, elle attaquait par derrière et glissait comme le serpent. Cependant personne ne l'avait vue en pleine lumière, et on eût nié son existence si elle ne l'avait prouvée par ses œuvres exécrables.

A peine un enfant était-il né que, sans que l'on sût comment, la Bête se trouvait là et parfois l'emportait aussitôt, mais le plus souvent se contentait de lui imprimer la marque fatale. Et quand la pauvre mère entendait le vagissement plaintif, le premier cri de douleur du petit être sous la griffe infâme, son cœur se serrait : n'était-ce pas un condamné à mort qu'elle mettait au monde ?

L'enfant vivait jusqu'au jour où la Bête réclamait sa proie. A chaque heure, à chaque minute, elle entrait dans quelque maison et saisissait quelque victime pour l'emporter au fond de sa noire caverne. C'est en vain qu'on prenait des précautions extraordinaires ; en vain qu'on multipliait les murs, les fossés, les verrous. La Bête pénétrait partout par des issues mystérieuses : le prêtre en pleine cérémonie religieuse, l'acteur en plein dialogue, la femme du monde en plein bal, on les avait vus saisis par le monstre, et si rapidement, qu'à peine avait-on pu entrevoir le double éclair de ses yeux de flamme.

On avait organisé des battues, mais sans succès ; des hommes courageux étaient descendus dans la caverne, mais n'en étaient point revenus. Aussi depuis longtemps s'était-on découragé. On avait fini par adopter comme dernier mot de la sagesse, cet axiome désespéré : « Mangeons et buvons, en attendant la Bête ! » Mais ce nom exécré, on le prononçait le moins possible ; il était de mauvais ton de faire allusion au terrible ennemi, à moins que ce ne fût en plaisantant.

Cependant quelques hommes, parmi ce peuple, avaient

conservé le culte du passé et nourrissaient un espoir. « Il faut détruire ces ruines, disaient-ils, et relever le palais du Père ! Alors peut-être, selon sa promesse, un de ses fils reviendra-t-il pour régner sur nous à la place de la Bête ! »

Et joignant l'exemple aux paroles, quelques-uns essayèrent de se mettre à l'œuvre. Vains efforts. Le marais les avait tués, et le monstre avait emporté leurs cadavres.

II

C'est alors que naquit, dans cette ville, d'une jeune femme du peuple, un enfant qui ne fut point, comme les autres, marqué par la Bête. Ceux qui remarquèrent cette anomalie apprirent que son père était un étranger ; c'était la première fois qu'un tel mariage s'était produit. D'ailleurs, le père demeura invisible et l'enfant grandit auprès de sa mère, étonnée de l'esprit qu'elle voyait en lui, effrayée et ravie comme une colombe qui aurait couvé un aiglon.

Il avait parfois de longs et secrets entretiens avec l'époux mystérieux de sa mère. A la suite de l'un de ces entretiens, qui dura quarante jours, il rencontra pour la première fois la Bête sur son chemin. Ce fut, dans le désert, un combat terrible : le jeune homme en sortit vainqueur, le premier de sa race ; mais le monstre vivait encore, et même redoubla de rage à partir de ce jour-là.

Alors, quittant son échoppe, le jeune ouvrier se tint sur les places publiques et se mit à dire au peuple :

— Je suis votre Roi, je suis le Fils du Père de la patrie ! Venez à moi et je vous délivrerai de la Bête !

La foule qui s'était rassemblée autour de lui, se prit à rire :

— Le charpentier est-il devenu fou ? ne connaissons-nous pas tous sa mère, et ses frères et ses sœurs ?

Cependant l'énergie de ses paroles, et surtout le fait que, seul entre tous, il ne portait point l'empreinte fatale, tout cela joint à la lassitude et à l'épouvante qui les oppressaient, décidèrent quelques citoyens — parmi les plus humbles — à le suivre. Alors les chefs du peuple, jaloux de son influence, lui vouèrent une haine implacable. Une nuit, ils le firent saisir et le traînèrent jusqu'à la caverne. Ce fut une lugubre procession : à la lueur des flambeaux, on le vit, les vêtements déchirés, le visage couvert de boue et de sang, parcourir les rues de la ville au milieu des huées de ses ennemis.

Les quelques hommes qui lui étaient fidèles ne le suivirent que de loin. Sa mère, le cœur brisé, se tint devant l'horrible repaire, et ce fut pour le fils le plus cruel supplice que de la voir, défaillante, tourner vers lui ses yeux secs. Mais lui ne défaillit pas.

III

La Bête, quand elle vit cette proie, rugit comme jamais elle n'avait fait auparavant. L'homme qui jadis l'avait terrassée était en son pouvoir : lié, sans force, vaincu d'avance ! A l'ouïe de ce rugissement, la foule se retira, terrifiée, et les fidèles se dirent : « Le roi est mort ! »

Mais le roi ne mourut pas.

On l'avait enfermé dans la caverne à l'heure où le soleil se couche. Toute une longue nuit se passa, puis tout un jour, et une nuit encore. Le surlendemain, dès l'aube, il sortit couvert de blessures, mais rayonnant, de l'antre que l'on avait cru son sépulcre. Portant comme un trophée les dépouilles de la Bête, il apparut à ceux qui l'avaient suivi ; il avança sa main sanglante, et en toucha le front des siens à l'endroit de la marque fatale, qui s'effaça. Alors ces hommes, devenus invulnérables, se mirent à l'œuvre ; le marais pestilentiel ne les effrayait plus ; il n'y avait plus pour eux de contagion mortelle ! Ils débarrassèrent le sol des ruines qui l'encombraient, et commencèrent à bâtir le Palais nouveau. D'autres citoyens se joignirent à eux, la main sanglante les touchait au front, ils devenaient à leur tour immortels.

Un jour — mais qu'il fallut de temps pour en arriver là ! — le parti du Roi fut le plus nombreux. Alors les rues de la ville virent une nouvelle procession : non plus à la lueur sinistre des flambeaux, mais dans un jour éclatant et sans nuages. Ce n'était plus une populace éhontée, traînant un martyr au supplice, mais un peuple en fête, couronné de fleurs et des palmes à la main, portant en triomphe un homme qu'on reconnaissait pour la victime d'autrefois à ses glorieuses et éternelles cicatrices.

IV

Cette ville, c'est la terre, et ses habitants, c'est toute la race humaine. La Bête qui tue et dévore, c'est la mort ; sa marque, c'est le péché : la mort, le péché, deux mots impopulaires qui pourtant existent dans toutes les langues.

L'antre de la Bête, c'est le cœur de l'homme ; la source de la vie est devenue la source de la mort. Ce palais de Dieu n'est plus qu'une ruine, imposante en sa désolation, mais recelant un hôte infâme : « Car c'est du cœur que procèdent les mauvaises pensées, les adultères, les meurtres, les larcins, les mauvais moyens pour avoir le bien d'autrui, les méchancetés, la fraude, l'impudicité, l'œil envieux, la médisance, la fierté, la folie. » Le Fils d'un Père étranger, c'est Jésus-Christ. Héritier du Créateur, du Père et du Roi, il a tous les droits sur nous. Pour nous amener à les reconnaître, pour nous contraindre à l'aimer, son cœur, plein d'une immense pitié, lui a suggéré l'idée du plus grand sacrifice. Pour vaincre la mort, pour effacer de nos fronts la marque du péché, pour que nos âmes redeviennent pures et nos visages joyeux, pour essuyer toutes nos larmes, pour nous rendre en un mot l'immortelle jeunesse, Jésus est descendu seul dans le sépulcre en passant par la croix : IL EST RESSUSCITÉ ! C'est le mot de l'affranchissement, du salut et de la vie éternelle. Et maintenant il édifie en ce monde la maison de son Père.

Approchez donc, vous que torture l'épouvante, vous qui courbez la tête sous le poids du péché. Recevez le sceau qu'imprimera sur vous sa main sanglante, puis mettez-vous à l'œuvre avec lui pour achever le grand édifice ! Alors vous verrez bientôt le Roi venir sur les nuées, et vous entrerez avec Lui dans la gloire.

Le testament de mon père

I

Lorsque mon père mourut, j'étais à peine entré dans ma majorité. Aussi, comme je sentais vivement la perte que j'avais faite ! Il me semble le voir encore, le cher homme, couché sur son grand lit aux rideaux rouges, si pâle, si pâle, qu'il me faisait peur. Depuis plusieurs jours, il était bien mal ; ce jour-là, le médecin était venu et avait secoué la tête. Mon père avait compris ; moi, je ne voulais pas comprendre.

— Jacquinet, me dit-il, quand nous fûmes seuls, je m'en vais rejoindre ta pauvre mère. Ça me chagrine de te laisser seul, mais vois-tu, le bon Dieu est là.

— Ne dites pas de ces choses-là, mon père, lui dis-je.

— Il ne te faut pas faire illusion plus longtemps, mon garçon. Je te laisse tout ce que j'ai, la maison, les propriétés. Je sais que tu as plus de cœur que de tête ; tâche de ne pas te laisser voler ; ne cherche pas à gagner beaucoup d'argent, car c'est le moyen d'en perdre beaucoup.

Mon père s'était épuisé en parlant ainsi ; il s'arrêta, oppressé.

— Ne vous fatiguez pas à parler, m'écriai-je, non, vous ne mourrez pas ; le bon Dieu sait bien que j'ai besoin de vous.

Le brave cher homme secoua la tête.

— Outre les immeubles, reprit-il avec difficulté, je te laisse quelque chose. Tu trouveras… dans mon secrétaire… un papier…

Ses yeux se fermèrent encore ; je crus qu'il allait trépasser. Mais bientôt il les rouvrit. La mort avait déjà décomposé son visage. Il fit un violent effort pour parler.

— Jacquinet, murmura-t-il, défie-toi… de… Mais sa tête retomba sans force sur l'oreiller et ses yeux se fermèrent pour la dernière fois. J'étais orphelin.

Vous dire ma douleur, mon désespoir, serait impossible. Les voisins, les amis étaient accourus, et chacun cherchait à me consoler en me rappelant combien le cher défunt était bon, qu'il avait fait ceci, qu'il avait dit cela ; comme si toutes ces paroles-là étaient faites pour consoler le monde ! Plus ils en disaient, plus je m'attristais, car je savais bien mieux que tous combien mon père était un brave homme, et mon cœur se fendait, à la pensée de ne plus revoir son bon sourire chaque matin, et d'habiter tout seul notre grande maison, où l'on était si bien à deux.

Mais je m'arrête là-dessus, car ces choses se sentent bien mieux qu'elles ne se disent.

II

Les deux ou trois jours qui suivirent me semblent comme un rêve, tant j'avais le cœur noyé de chagrin. Je mangeais, je marchais, je me couchais comme une machine. Quand nous allâmes au cimetière, il pleuvait à torrents, et si un voisin n'était venu ouvrir son parapluie sur ma tête, je serais resté là, tête nue à la pluie, sans m'en apercevoir. M. le curé se dépêcha, puis on me prit par le bras pour revenir.

Après, ce fut un grand festin à la maison, où sous prétexte que « la douleur creuse, » et qu'il faut « noyer son chagrin, » tout le monde mangea bien et but encore mieux, excepté moi qui avais plus besoin de consolation que les autres !

Peu à peu, tous les voisins se retirèrent et je me trouvai seul avec Jean-le-Boiteux, le tailleur du village. On l'appelait ainsi, parce qu'il avait la hanche démise. Il était resté le dernier, sensément pour m'offrir ses services et ses conseils. C'était un garçon de dix ans plus âgé que moi, qui avait dans le village la réputation d'être très madré, très capable pour trouver le nœud dans les affaires embrouillées. Il n'avait pas beaucoup fréquenté chez nous ; car mon père, je ne savais pourquoi, ne l'aimait pas. Mais moi, j'allais souvent chez lui en cachette ; sa société était très agréable. Il savait toute sorte de choses, des histoires du temps passé, et il les racontait si bien qu'il faisait rire ou pleurer à volonté. Aussi, il y avait toujours du monde à sa boutique ; il habillait tout le monde, et avait, disait-on, gagné déjà pas mal d'argent.

J'aurais préféré demeurer seul ; cependant je ne fus pas fâché de sa compagnie, et je le remerciai bien.

— Oh! dit-il, dans des circonstances semblables, mon pauvre Jacquinet, c'est bien le moins qu'on cherche à se rendre utile.

A ce moment-là, je ne sais comment, ce que mon père m'avait dit d'un papier caché dans son secrétaire me revint à la pensée : « Tiens, me dis-je, il faut profiter de ce que Jean-le-Boiteux est là pour savoir ce qu'il y a dedans. S'il y a des choses que je ne comprends pas, je lui demanderai conseil. »

Vous voyez comme j'étais simple et naïf! Montrer ainsi mes secrets au premier venu, et supposer que mon père, qui me connaissait si bien, puisqu'il me disait souvent : « Mon pauvre Jacquinet, tu ne seras jamais qu'un âne, » aurait écrit des choses trop difficiles pour moi! Enfin, vous allez voir comme il a failli m'en coûter cher pour avoir eu tant de confiance envers un étranger et si peu envers mon père.

J'allai donc au secrétaire et j'y cherchai le papier. Je ne cherchai pas longtemps; bientôt une grande enveloppe, avec un cachet rouge, me tomba sous la main. Mon père avait écrit dessus, de sa plus belle écriture : *A mon cher fils Jacquinet, pour le lire après ma mort.*

Quand je vis cela, mes larmes redoublèrent; Jean-le-Boiteux s'en aperçut :

— Allons, Jacquinet, me dit-il, ne te désole pas ainsi. C'est ce papier qui te fait pleurer… Voyons donc ce que c'est.

Sans rien dire je lui tendis l'enveloppe.

— Ah! fit-il, ce doit être un testament. Ne te mets pas en peine, je me charge de le remettre au notaire, et je vais y aller de ce pas, si tu veux.

A ces mots j'ouvris de grands yeux.

— Le notaire ? dis-je. Est-ce qu'il faut un notaire pour ouvrir cela ?

— Sans doute, répondit Jean. Tu ne sais donc pas que si un testament n'est pas ouvert par-devant notaire, il n'a plus de valeur ?

— Cela m'étonne tout de même, que je ne puisse pas lire ce que mon père a écrit sans la permission d'une autre personne. Car enfin, en supposant que ce soit un testament, il n'y a que moi d'héritier.

— C'est vrai, Jacquinet, mais cela n'empêche pas que ce testament doit être ouvert par-devant notaire. Du moins je t'y engage dans ton intérêt.

J'étais bien embarrassé. D'une part, j'avais fort envie d'ouvrir le pli et de le lire de suite, et bien m'en aurait pris ; mais, d'autre part, si Jean-le-Boiteux avait raison ? Il connaissait la loi mieux que moi. Après tout, me dis-je, ce ne sera qu'un peu de temps perdu. Allons chez le notaire, il faudra toujours bien que je sache ce que mon père a écrit.

Je dis à Jean qu'il avait peut-être raison, que la chose d'ailleurs n'était pas si difficile, et que nous irions ensemble chez le notaire s'il voulait bien m'accompagner. Il répondit obligeamment que oui, et nous partîmes tous les deux, moi tenant très serré dans la poche de ma veste le précieux papier.

III

Tout au bout du village, dans une grande maison aux volets verts, avec un beau jardin sur le devant et un verger derrière, demeurait alors M. Blémard, le notaire. Il était connu dans tout le pays pour un homme très réservé, très froid, mais d'une probité sans tache. A preuve, c'est qu'il n'y avait personne dans la paroisse de plus pieux que lui. Il portait le dais à la procession, il chantait au lutrin et il allait souvent à confesse.

Nous fûmes introduits dans son cabinet. C'était une pièce bien meublée, avec une grande bibliothèque et des casiers pleins de papiers. M. Blémard était un homme mince, d'apparence chétive, mais qui en imposait beaucoup. Le secret de sa force était dans son regard. Il avait dû bien souvent, et à toutes les heures, traverser seul la forêt; mais personne n'avait entendu dire qu'on eût jamais osé l'attaquer. Ses petits yeux perçants auraient cloué sur place le brigand qui aurait voulu les affronter.

M. Blémard nous regardait sans mot dire. A la fin, je m'enhardis.

— Monsieur le notaire, lui dis-je, mon pauvre père vient de mourir; il a laissé un papier à mon adresse; j'allais l'ouvrir, mais Jean-le-Boiteux, que voilà, m'a dit qu'il était nécessaire qu'il soit d'abord ouvert par vous.

Le notaire prit la lettre, la regarda, et il me sembla voir passer sur son visage un air d'étonnement. Mais ça ne dura pas. Il se tourna vers moi :

— Jean a raison, mon ami, et vous avez bien fait de suivre son conseil. C'est un homme avisé, du reste, et vous ne sauriez mieux faire que de vous en rapporter à lui, maintenant que vous voilà seul. Quant à moi, mon garçon, je suis tout disposé à vous rendre service, car j'étais l'ami de votre brave homme de père.

M. Blémard dit cela avec un air de bonté qui m'alla au cœur. Il levait les yeux vers le plafond, comme s'il avait eu une larme à cacher.

— Je vous suis bien obligé, Monsieur, répondis-je.

— Eh bien, Jacquinet, laissez-moi ce papier. Demain vous reviendrez et je vous dirai ce qu'il renferme.

Jean-le-Boiteux prit son chapeau et me cligna de l'œil pour m'avertir qu'il fallait se retirer. Cependant, je risquai une observation.

— Mais, Monsieur, n'y aurait-il pas moyen de savoir aujourd'hui ce que me dit mon père ?

— Revenez demain, vous dis-je. J'ai mes raisons pour ne pas ouvrir cette lettre devant vous. Ayez confiance en moi.

Et je m'en allai...

En écrivant ceci, il me passe de folles envies de me donner des coups de poing, tant je me trouve stupide et borné. Mais n'anticipons pas.

Le lendemain, je ne manquai pas de me rendre chez M. Blémard, comme il me l'avait dit. En allant, je passai chez Jean-le-Boiteux, mais je ne le trouvai pas chez lui.

Arrivé à la grille, je tirai la sonnette trois fois avant que l'on vînt ouvrir. Enfin, le concierge, une sorte de petit vieux qui avait l'air d'un bedeau, vint à travers le grillage me demander qui j'étais.

— Je m'appelle Jacquinet, lui répondis-je. Je viens pour voir M. Blémard.

— Ah ! c'est vous, Jacquinet. Monsieur est parti pour quelques jours, mais il a laissé une lettre pour vous.

— Bon ! La lettre de mon père, pensai-je. Ah ! bien oui ! Le concierge me remit un petit billet, d'une écriture serrée, que j'eus toutes les peines du monde à déchiffrer. Le notaire m'expliquait comme quoi il avait été appelé à Paris pour une quinzaine de jours, mais que je ne me misse pas en peine, attendu que le papier en question ne contenait rien d'important, et qu'il ne manquerait pas, à son retour, de me le communiquer.

Je n'étais pas content. Il me semblait qu'on n'avait pas le droit, quand même on fût notaire, de garder une lettre qu'un père avait écrite à son fils avant de mourir. Je chiffonnai le billet dans mes mains avec ennui, et je rentrai chez moi de très mauvaise humeur.

Et quand je fus assis près du feu, en face du fauteuil de mon père, dans lequel je n'osais pas encore m'asseoir — était-ce rêve ou réalité ? — il me sembla entendre une voix bien connue qui me répétait lentement : « Mon pauvre Jacquinet, tu ne seras jamais qu'un âne ! »

IV

Je n'étais pas rentré depuis longtemps, que je reçus une visite à laquelle je ne m'attendais pas. Un monsieur très bien mis, qui n'était certainement pas du village, car je ne l'avais jamais vu, entra chez nous et me dit très poliment :

— C'est à Monsieur Jacquinet fils que j'ai l'honneur de parler ?

— Oui, Monsieur, répondis-je, assez embarrassé par ses grandes manières.

— Permettez-moi de vous exprimer toute la part que je prends à votre affliction, monsieur, j'ai beaucoup connu votre père ; c'était un brave homme… nous avons fait souvent des affaires ensemble.

L'étranger s'assit. Je voyais qu'il avait autre chose à me dire. Enfin il tira un grand portefeuille de sa poche, et se mit à en tirer des papiers.

— Oui, bien souvent… et j'espère que nous en ferons aussi, M. Jacquinet. Votre père m'avait souscrit ces billets, qui sont échus, vous le voyez, depuis deux jours ; mais je n'ai pas voulu troubler votre douleur, et je ne serais même pas venu sitôt, si d'impérieuses nécessités…

Je le regardai tout abasourdi. Lui, souriant, me montrait plusieurs feuilles de papier timbré, au bas desquelles je reconnus la signature de mon père, par lesquelles il s'engageait à payer de fortes sommes, qui se montaient en tout à environ vingt mille francs.

— Juste ciel ! m'écriai-je, vingt mille francs, où voulez-vous que je les prenne ?

L'étranger me regarda étonné.

— Votre père a dû vous parler de cela, Monsieur Jacquinet. Il n'était pas homme à ne pas veiller sévèrement à ses affaires.

— Je vous proteste, Monsieur, que je ne savais pas le premier mot de cette dette, et que je ne puis absolument l'acquitter. C'est à peine si la maison et le bien que m'a laissés mon père valent une pareille somme.

Mon visiteur prit un air froid. Il remit lentement les papiers dans son portefeuille et me dit :

— M. Jacquinet, j'aurais cru que nos affaires ensemble seraient plus faciles. Mais j'ai besoin de mon argent, et bien que cela me gêne beaucoup, je vous donne un mois. Ce terme expiré, je serai obligé de procéder légalement contre vous.

— Mais il faudra que je vende tout ce que j'ai! m'écriai-je désespéré.

L'étranger leva les épaules comme pour dire : Que voulez-vous que j'y fasse? et me laissa atterré.

Dès que j'eus recouvré quelque peu ma présence d'esprit, je me mis à consulter fiévreusement les livres dans lesquels mon père écrivait journellement ses comptes. Je ne tardai pas à y découvrir la trace des vingt mille francs qui y étaient dûs. C'était un marché de bestiaux, car mon père, assez fréquemment, se livrait à ce commerce.

Après avoir parcouru la colonne du débit, j'examinai celle du crédit. Je n'étais pas très expert en affaires, mais j'eus bientôt remarqué un article important. Mon père avait reçu, il y avait un mois environ, une somme de cinquante mille francs en espèces et en billets de banque. Comme il n'était pas allé à la ville depuis, il n'avait pu les porter chez son banquier. Ils devaient donc être dans la maison.

Je poussai un cri de joie.

— Cher père! m'écriai-je. Je savais bien qu'il n'avait pu me laisser dans l'embarras. Il me restera, d'après ses livres, trente mille francs net. J'ai de quoi vivre largement, avec la maison et les propriétés. Cherchons où cet argent peut être.

Immédiatement, je fouillai le secrétaire, j'ouvris tous les tiroirs, toutes les cachettes à secret. Je ne trouvai rien qu'une petite somme insignifiante.

— Voilà qui est étrange, pensé-je. Et une sueur froide me perla au front.

Je cherchai encore, je parcourus toutes les armoires ; j'ouvris les matelas, les oreillers, rien ! Deux heures durant, de la cave au grenier, je continuai mes recherches. Elles furent toutes infructueuses.

De guerre lasse, enfin, je me couchai. Mais quelle nuit ! Les cauchemars les plus horribles heurtèrent mon chevet.

Une armée d'huissiers entourait mon lit. Ils arrachaient les couvertures et les mettaient en vente ; j'essayais vainement de les retenir, ils me dépouillaient impitoyablement. Tout y passait : jusqu'au portrait de ma mère dans son cadre d'or, qui me regardait tristement, tandis qu'on l'adjugeait à Jean-le-Boiteux. M. Blémard aussi était là. Je lui criais : « Rendez-moi ma lettre ». Il me regardait malicieusement. Je me jetais sur lui, mais il s'évanouissait comme une ombre, et je me trouvais assis sur mon séant, agité, fiévreux, tandis qu'un rayon de lune, se jouant sur mon lit, semblait se moquer de moi et me dire : Pauvre Jacquinet, il est donc bien vrai ? — tu ne seras jamais qu'un âne ?

V

Vous devinez si les jours qui suivirent furent agréables pour moi. Je retournai plusieurs fois chez le notaire ; invariablement, on me répondait qu'il n'était pas encore revenu. Pourtant, c'était là mon seul espoir ! Cette lettre de mon père, elle me dirait ce qu'était devenu l'argent dont j'avais tant besoin.

Enfin, M. Blémard revint.

— Eh bonjour, Jacquinet, me dit-il en me revoyant. Comment allez-vous depuis mon départ ? Devenez-vous habile à gérer vos propriétés ? Faites-vous bien vos petites affaires ?

— Mes propriétés seront vite gérées, si cela continue, Monsieur, répondis-je. Je dois vingt mille francs et je n'ai pas un sou à donner. Mais il ne s'agit pas de cela. Voulez-vous me rendre le testament de mon père ?

— Je vous le rendrai, me dit le notaire, mais je crains bien, mon pauvre ami, que vous ne mettiez inutilement votre espoir dans ce papier. Je vous l'ai dit, il ne contient rien d'important.

— Et pourquoi mon père l'aurait-il écrit, si c'était pour ne rien me dire qui valût la peine ? Mais je vous prie, donnez-le-moi, cela vaudra mieux que de tant parler.

Vous voyez que j'étais devenu un peu plus courageux.

Le notaire, sans parler, mais avec un mauvais sourire, fouilla dans ses cartons et me tendit un papier. Je me jetai dessus avidement, je le déployai... Jugez de ma surprise ! au lieu de l'écriture claire, droite, bien alignée de mon père, je vis un grimoire illisible, avec toutes sortes de *um* et de *us* à la fin des mots.

— Qu'est-ce que cela ? m'écriai-je.

— Cela, mon ami, c'est du latin. Votre père, craignant sans doute que vous ne lisiez ce papier vous-même, m'a écrit dans cette langue pour vous obliger à me le communiquer.

— Mais ce n'est pas son écriture, et je doute qu'il ait jamais appris le latin, m'écriai-je.

— Il l'aura fait écrire par M. le curé, me répondit M. Blémard, impassible.

Il me regardait, en parlant ainsi, avec ses petits yeux perçants. Je fus intimidé.

— Mais enfin, monsieur, tout cela peut bien m'étonner. Je suis dans un grand embarras ; mon père ne m'en a pas prévenu, mais je vois dans ses livres qu'il a préparé ce qu'il faut pour me tirer de peine. Seulement, je ne puis savoir où l'argent est placé. Ce papier devrait me l'indiquer…

— Ce papier n'indique rien, mon cher ami. Je comprends votre embarras, mais je ne puis vous donner d'autres indications que celles que vous connaissez vous-même. Du reste, laissez-moi ce papier jusqu'à demain, je vais vous en faire une exacte traduction, que vous pourrez emporter, si vous les voulez, avec l'original.

Que pouvais-je répondre ? J'avais bien le pressentiment d'une insigne fourberie, mais je ne savais comment la découvrir. S'il plaisait à M. Blémard d'affirmer que ce charabia était la lettre de mon père, comment pouvais-je prouver le contraire ? Qui avait vu le pli entre ses mains ? Force fut donc de me retirer sans rien dire. J'étais bien malheureux.

Quelques jours à peine me séparaient du jour où ma maison, avec les prés et les vergers, serait mise en vente, car j'en avais été réduit là, n'ayant aucune ressource et aucun crédit. Les affiches étaient déjà placardées.

Je reçus la visite de Jean-le-Boiteux. Il venait m'apporter ses condoléances. Cet homme était comme les hiboux, hantant les maisons de malheur. Cette fois-ci, il ne fut pas si bien reçu que la première. Je le pris par le bras et le mis à la porte dès qu'il commença d'ouvrir la bouche. Il était tout surpris ; je lui dis en fermant la porte sur lui :

— Va-t'en trouver M. Blémard, misérable, c'est toi la cause qu'il a entre les mains la lettre de mon père ; sans toi, je suis bien sûr que je ne serais pas obligé de vendre ma maison.

Pourtant je voulus faire tout ce qui dépendait de moi pour savoir la vérité. J'allai donc trouver M. le curé, muni des papiers en latin et de la traduction que m'en avait remise M. Blémard, traduction dans laquelle tout était insignifiant et où je ne retrouvais aucun de ces traits qui marquaient le style affectueux de mon bien-aimé père.

— Monsieur le curé, lui dis-je, M. Blémard, le notaire, prétend que vous avez écrit ceci pour mon père, avant sa mort.

M. le curé était un bon vieux qui avait l'oreille dure. Il profitait des délais que lui permettait son infirmité pour réfléchir longuement à ses réponses.

— Si M. Blémard a dit cela, cela doit être vrai, me répondit-il enfin.

— Mais vous devez le savoir, interrompis-je. Avez-vous oui ou non reçu de mon père la commission d'écrire ce papier en latin?

M. le curé ne passait pas pour être très savant. Bien qu'il essayât souvent, dans ses sermons, d'employer de grands mots, nous autres paysans, surtout les jeunes, nous nous apercevions bien de temps en temps qu'il faisait des fautes de français. On racontait même malicieusement dans le village, qu'on l'avait vu passer sur la place, d'un air recueilli, lisant son bréviaire au rebours. La vue du cher homme était si mauvaise! Et puis, ajoutait-on, il comprenait autant d'une manière que de l'autre.

Aussi pus-je remarquer que M. le curé était extrêmement flatté de ce que M. Blémard l'avait supposé capable d'écrire de sa propre main ce document latin.

— Attendez donc, me dit-il. Vous savez, mon garçon, à mon âge, la mémoire fait parfois défaut. Et puis, on me demande si souvent d'écrire… Mais oui, je crois bien me rappeler que ce pauvre vieux Jacquinet… c'est bien cela… oui, c'est moi qui dois avoir écrit ce papier.

— Alors, Monsieur le curé, voudriez-vous bien me dire si cette traduction qu'en a faite M. Blémard est exacte ?

Je n'étais pas habile, vous le voyez. Mais pouvais-je soupçonner l'honnêteté, la véracité du curé de la paroisse ?

Le vieux malin mit ses lunettes, tout en disant : Si M. Blémard l'a faite, ça doit être exact. M. Blémard est un homme capable, très savant… et très pieux.

Puis il promena quelques instants les yeux sur les lignes, en hochant la tête d'un air approbateur. — Oui, c'est comme cela. Ce cher M. Blémard, quel talent ! allez, mon ami, vous pouvez dire que cette traduction est exacte, et que les derniers conseils de votre père, que j'ai certainement dû transcrire en latin, sont parfaitement rendus en français. Profitez-en, mon ami, profitez-en !

Et je rentrai chez moi, l'esprit et le cœur plus angoissé que jamais !

VI

Le dernier jour était passé. Le lendemain, de bonne heure, ma maison, mes meubles, mes propriétés devaient être vendus à l'enchère. Bientôt je devrais quitter, sans ressources, le lieu qui m'avait vu naître.

Toute cette journée-là, de folles pensées m'avaient traversé l'esprit. Plusieurs fois, l'idée du suicide m'était venue ; il avait fallu une visite à la tombe de mon père pour la dissiper. J'étais revenu du cimetière résolu à vivre et à porter honorablement mon nom ; mais mon avenir était un mystère auquel je n'osais songer.

Un moment aussi, j'eus la pensée d'aller trouver le juge de paix et de lui raconter l'affaire. Mais je réfléchis bientôt que ce serait inutile. Je n'avais pas de preuve contre M. Blémard, et le curé n'avait-il pas déclaré que c'était bien lui qui, au nom de mon père, avait écrit le testament latin ? Toute cette histoire était tellement embrouillée que je n'y comprenais rien moi-même.

Il était nuit depuis longtemps, mais je n'avais pas le cœur de me coucher. Assis devant la table, dans ma chambre du premier, je n'avais pas de lumière : l'obscurité me convenait mieux. Je regardais les étoiles briller à travers la fenêtre et mes yeux étaient pleins de larmes.

Il était minuit passé que j'étais encore là. Alors, il me vint à la pensée de prier le bon Dieu ; celui dont m'avait parlé ma mère. C'est ce que je fis, en me repentant de n'y avoir pas songé plus tôt.

Je me mis donc à genoux et je racontai à Dieu tout ce que j'avais sur le cœur. Je lui demandai de me venir en aide et de me faire trouver cette fortune de mon père, qui pouvait, dans les circonstances présentes, me tirer de peine.

Quand je me relevai, j'étais presque joyeux : Il me semblait que le bon Dieu me disait en réponse à ma prière : — N'aie pas peur, Jacquinet, tu retrouveras ce qui t'appartient, tu ne quitteras pas la demeure de tes parents.

A peine cet espoir, cette conviction, dirai-je, étaient-ils dans mon cœur, qu'il me sembla entendre un bruit dans le jardin. Je prêtai l'oreille, les feuilles mortes craquaient comme si l'on marchait dessus. Mais ce bruit ne tarda pas à cesser et je crus que je m'étais trompé.

Pourtant, un instant plus tard, j'entendis distinctement la lourde porte d'entrée, que je ne fermais jamais à clé (ce n'est pas l'habitude dans nos campagnes), rouler sur ses gonds. Il y avait évidemment quelqu'un dans la maison.

Je n'ai jamais été bien intelligent, ni bien porté pour les livres, mais en revanche, sans me vanter, j'ai toujours eu la réputation de ne pas manquer de courage et de savoir me défendre. Si j'eus peur, ce ne fut qu'un moment.

J'ouvris sans bruit la porte de ma chambre, et je me penchai sur la rampe de l'escalier. Jugez de ma surprise ! Je vis, dans le corridor, deux hommes, dont l'un s'occupait d'allumer une lanterne sourde. Quand elle fut allumée, je reconnus en celui qui la portait… devinez qui : Jean-le-Boiteux, et l'autre n'était rien moins que le notaire Blémard, en personne.

Je rentrai dans ma chambre, et m'armai d'un pistolet qui n'avait pas été déchargé depuis la mort de mon père ; de l'autre main, je pris un bâton de berger, très noueux par un bout, puis je descendis à pas de loup.

Pendant ce temps les deux complices, car je ne pouvais penser qu'ils vinssent pour autre chose que pour me voler, s'étaient introduits dans l'escalier de la cave. Ils ne disaient rien, mais je voyais leurs ombres se dessiner contre les murs.

Je les suivis silencieusement et, quand ils furent arrivés au bas, je m'arrêtai à mi-chemin, dans un angle de l'escalier d'où je pouvais tout voir et par où je leur coupais sûrement la retraite.

— L'imbécile dort comme une souche, disait Jean-le-Boiteux au notaire. Nous avons pu entrer facilement ; espérons que le diable protégera aussi bien notre sortie.

— Ne parlons pas du diable et dépêchons-nous, répondit M. Blémard. Voyons ce papier : « Derrière la troisième futaille… la voilà… « tu trouveras une pierre, c'est la quatrième en comptant par en bas, qui est descellée. » — Otez la futaille, Jean. Bon, voilà la pierre. « Tu l'ôteras… tu trouveras dans l'épaisseur du mur un coffret, où j'ai renfermé l'argent que la maladie m'a empêché de porter au banquier. »

— Voilà le coffret ! monsieur, s'écria tout à coup Jean-le-Boiteux. Qu'il a donc bien fait, le cher homme, de tomber malade. Et son grand benêt de fils, qui dort à cette heure… Mais ouvrons cette boîte ; il sera plus facile d'en emporter le contenu dans nos poches.

— Attends d'abord que j'aie brûlé ce testament. Il pourrait nous compromettre. Voyons, ouvre ta lanterne.

Il n'avait pas fini ces mots qu'un formidable coup de bâton tombait sur son bras droit, qu'il tendait vers la lumière pour mettre à exécution son projet. Il poussa un cri de douleur, et laissa tomber le papier.

— Scélérats, m'écriai-je, vous êtes surpris de me voir. Vous croyiez aller jusqu'au bout dans votre œuvre de ténèbres. Mais il y a un Dieu sur nos têtes… Sortez, misérables…

Les deux associés ne se le firent pas dire deux fois. Jean-le-Boiteux laissa la lanterne, et à tâtons, remonta l'escalier suivi de M. Blémard, qui essayait encore, le scélérat, de me faire trembler avec ses yeux perçants. Mais tout de même, c'est lui qui tremblait. S'il avait essayé de résister, il est certain que je lui aurais fait un mauvais parti.

Je n'essayai pas de les poursuivre. Dès qu'ils furent partis, je ramassai le précieux papier, et je le vis enfin, le testament de mon père ! C'était bien son écriture ; à la lueur douteuse de la lanterne, je n'eus pas de peine à la reconnaître. Je baisai plusieurs fois ce papier avec larmes ; puis, je le lus attentivement avec transports. Il me semblait entendre la voix de mon père sortir de sa tombe. Que d'affection, que de tendresse, dans ces lignes tracées par sa main déjà lassée ! « Mon cher fils, me disait-il, je sais que cette maladie dont je viens d'être saisi me conduira au tombeau. Je t'écris donc mes derniers conseils, sûr que tu t'efforceras de les suivre… Garde-toi, me disait-il plus loin, de fréquenter notre voisin Jean-le-Boiteux. C'est un mauvais garnement, qui a déjà essayé de me voler, et que j'ai chassé de chez moi. Il finira ses jours dans quelque bagne : n'aie rien à faire avec lui. Défie-toi, par-dessus tout, du notaire Blémard : cet homme, sous des dehors hypocrites, cache la cupidité la plus basse ; mais Dieu saura bien le trouver un jour. Du reste, quel besoin aurais-tu de ces gens-là ? Je te laisse assez pour vivre tranquille, libre et sans soucis, en cultivant ton champ et en gardant ta maison. Ne pouvant transporter chez un banquier l'argent qui nous reste, toutes mes affaires terminées, je l'ai déposé en lieu secret. Suis attentivement les indications que je te donne, et tu le trouveras. » Venait ensuite la description des lieux que M. Blémard avait si bien suivie ; sa lettre se terminait par des conseils empreints de la sagesse, de la piété et de l'affection par lesquels mon père m'avait toujours paru supérieur.

Dans la boîte, outre quelques papiers de famille assez importants, je découvris la somme de cinquante et quelque mille francs, que j'avais vainement cherchée. Il y avait de l'or, mais la plus grande partie était en billets de banque. J'étais sauvé.

Le lendemain, quand l'huissier, le commissaire-priseur et tout le tremblement se présentèrent, j'eus bientôt fait de les remercier. Maintenant, je suis heureux, établi confortablement, cultivant ma propriété, qui me rapporte de quoi vivre. Mon argent est déposé à la banque. Les intérêts sont employés à faire du bien ici et là, comme le bon Dieu me l'indique. J'ai reçu une bonne leçon, que je n'oublierai jamais, et j'ai écrit mon histoire afin de vous en faire profiter vous aussi. Ne vous laissez prendre par personne, sous quelque prétexte que ce soit, le TESTAMENT DE VOTRE PÈRE.

Lecteurs, vous avez compris le sens de cette histoire. Son but n'a pas été seulement de vous amuser, mais de vous montrer, dans un récit allégorique, combien le peuple est insensé de se laisser dépouiller de la parole de Dieu. Vous n'avez pas manqué de reconnaître, dans ce pauvre Jacquinet, l'homme des campagnes — et des villes aussi — bon, mais insouciant ; courageux, mais ignorant de ses intérêts.

Jean-le-Boiteux représente cette catégorie d'hommes qui, appartenant au peuple comme Jacquinet, s'efforcent par la ruse et la duplicité de prendre de l'ascendant sur lui, pour son malheur ; cette armée de moines, de capucins, qui vont en mendiant de porte en porte et sont les dominateurs les plus astucieux qui existent.

Et M. Blémard, que représente-t-il, sinon le prêtre, qui au nom de l'Église a ravi au moyen âge la Parole de Dieu à la multitude, et ne lui a laissé à force d'instances, qu'une version latine tronquée et une traduction infidèle de cette mauvaise version. Et pourquoi l'a-t-il fait? Pourquoi le prêtre, les moines ont-ils ainsi ravi à l'âme humaine son bien le plus précieux, le Testament du Père céleste? Vous le comprenez, c'était pour le tenir dans la servitude, dans la dépendance, et pour le dépouiller des biens terrestres sous prétexte de lui vendre le ciel. Aujourd'hui, tous les Blémard commencent à perdre leur puissance. Le peuple est éclairé, il ne se laisse pas tromper. Et depuis le coup de massue de Luther et de Calvin, ce pauvre Blémard ne s'est jamais complètement relevé.

C'est égal, je ne sais pas si vous pensez comme moi, mais il me semble que Jacquinet n'a été sage qu'à demi. Reprendre le testament de son père, c'était bien, mais laisser partir comme cela MM. Blémard et Jean-le-Boiteux, c'était mal, car enfin, ils sont peut-être allés en tromper d'autres… A sa place, je n'aurais pas manqué de les enfermer dans la cave jusqu'à l'arrivée des gendarmes… Il faut se mettre à l'abri des atteintes de ces gens-là. Pourtant, j'aime encore mieux Jacquinet, qui oublie de poursuivre M. Blémard et son complice pour lire le testament de son père, que ceux qui oublient de lire ce testament pour mieux poursuivre l'ennemi. Faisons les deux : lisons la Bible que Dieu a écrite pour nous, où son amour nous parle, où son Fils se donne pour nos âmes, où le ciel nous est accordé gratuitement, et faisons résolument la guerre à ceux qui voudraient nous ôter la liberté dans la vie présente et l'espérance de la vie éternelle.

Le miroir

I

Il est un objet que tout le monde possède, qui sert de meuble dans nos maisons, qui est notre indispensable compagnon de voyage, et que nous entourons de nos soins particuliers, car il est très fragile. L'usage de cet objet est universel : on le trouve dans le palais des rois et dans l'échoppe des cordonniers. Nul logis n'en est dépourvu, et il est même devenu de mode, depuis longtemps, d'en orner les maisons récemment construites, et d'attirer les locataires par l'appât de ce meuble unique, comme on attire dans les champs les perdrix au moyen d'un miroir.

Le miroir ! J'ai dit le mot, et il n'y a pas moyen de garder plus longtemps le mystère. N'ai-je pas raison de dire que, de tous les objets utiles, c'est le plus universellement répandu ? Les Orientaux n'ont ni chaises, ni tables, mais ils ont des miroirs ; l'Africain lui-même, quoique vêtu d'une façon si sommaire, porte un miroir suspendu en amulette autour de son cou. Ouvrez le sac à ouvrage de la jeune fille : vous y trouverez un miroir, ce qui ne vous étonnera guère ; mais vous en trouverez un aussi dans le sac du soldat. Monsieur et Madame, avant de partir en soirée, consultent leur glace ; mais je ne suis pas sûr qu'à la cuisine, derrière la porte, à l'endroit où Jeannette suspend son balai, on ne puisse trouver un morceau de verre étamé dans lequel, pendant le jour, elle jette plus d'un coup d'œil à la dérobée.

L'origine des miroirs remonte à la plus haute antiquité. Avant que le verre fût inventé, on les fabriquait avec des métaux polis : or, argent ou bronze. Le premier miroir, ce fut sans doute la source d'eau limpide sur laquelle Ève se pencha et où elle vit, étonnée, sa ravissante image.

A quel goût, à quel besoin ressenti par tous les hommes le miroir répond-il ?

L'homme veut se connaître lui-même. De tous les objets qui peuplent l'univers, il est à ses propres yeux le plus intéressant, et cependant il est de tous le plus difficile à connaître. Nous pouvons voir le visage d'autrui sans autre instrument que nos yeux, mais il faut un miroir pour voir notre propre visage. Observons ceci en passant : si l'homme, sans secours étranger, ne peut contempler son image, comment, livré à lui-même, connaîtra-t-il son propre cœur ?

Les anciens représentaient la Vérité sous la figure d'une femme sortant d'un puits un miroir à la main ; le miroir, en effet, nous dit la vérité. Il n'est pas de ces amis commodes et flatteurs qui n'ont garde de nous signaler nos imperfections. Impartialement, il nous dit ce que nous sommes, ou plutôt (puisqu'il ne peut refléter que notre image) ce que nous paraissons. Notre sourire ou notre colère, nos cheveux blancs ou nos boucles d'or, tout est fidèlement reproduit. Heureux qui ne se regarde pas avec des yeux prévenus, et sait se voir tel qu'il est!

Mais je crains (entre nous) que ce ne soit le petit nombre; oui, je crains que l'amour de nous-mêmes soit notre mobile plus que l'amour de la vérité. Soyons francs, lecteurs et lectrices : avouons que ce n'est pas nos rides que nous cherchons dans le miroir… à moins que ce ne soit pour les dissimuler. Mais ce que nous y voyons bien, ce que nous y cherchons sans cesse, c'est un certain charme qui, hélas! s'en va tous les jours et n'est plus guère visible que pour nous seuls. Dans ce miroir, toujours le même, mais dont la dorure est ternie, flotte à nos yeux je ne sais quel rêve, une apparition d'autrefois, la fraîche et joyeuse figure que nous avions à vingt ans…

Il y a deux sortes de gens qui ne se servent pas de miroirs : les premiers, ce sont les aveugles, et les seconds ce sont ces pauvres disgraciés à qui l'illusion n'est pas possible et qui, plutôt que de constater leur désolante laideur, jettent un voile sur l'ami trop sincère qui la leur dénonce sans cesse et ne peut les en délivrer!

II

Mais d'où vient qu'étant si avides de voir notre visage, nous le soyons si peu de voir notre cœur? S'il est vrai que l'homme éprouve le besoin de se connaître lui-même, pourquoi ne cherche-t-il pas à se connaître tout entier? Car si le visage est le reflet de l'âme, ce reflet est bien imparfait; il y a des profondeurs en nous que nos yeux ne trahissent pas. Que de souillures qui ne montent point à nos fronts! Que de douleurs qui se cachent sous nos sourires! Où trouverons-nous le miroir qui nous révélera cet être intérieur, le seul, en somme, qu'il vaille la peine de voir, puisqu'il est immortel ?

On pourrait dire, à la rigueur, que *la conscience* est le miroir de l'âme. Tout homme, en effet, vient au monde avec un sens moral, un sens qui le distingue radicalement de la bête, et qui le rend capable de discerner le bien du mal, c'est-à-dire la beauté de la laideur morale. Ah ! si chacun voulait consulter sa conscience ! Si, comme à un miroir, nous lui demandions chaque jour ses avis et ses directions !

Et pourtant, la conscience n'est pas un miroir parfait, car elle n'est pas toujours d'accord avec elle-même. A l'âge de dix ans, notre conscience nous interdisait ce qu'elle nous accorde aujourd'hui sans difficulté. La conscience du Chinois et celle de l'Européen ne se ressemblent pas ; la conscience du chrétien et celle du juif leur commandent souvent des devoirs opposés. Jadis, les inquisiteurs obéissaient à leur conscience en faisant brûler les hérétiques, et ceux-ci obéissaient à la leur en mourant sur le bûcher.

Il y a dans toute conscience une parcelle de vérité, comme dans le moindre fragment de miroir on peut trouver une partie de son image. Mais hélas ! cet organe si délicat a été déformé par la mauvaise éducation, par les préjugés, par les superstitions, par mille causes ; l'homme est tombé, et sa conscience — miroir fragile — s'est brisée en mille morceaux !

III

Dans quelques pays qui jouent un grand rôle parmi les peuples : l'Angleterre, l'Ecosse, l'Amérique, et dans certaines familles de notre pays qui sont aussi au premier rang par la moralité, l'intelligence et l'instruction, on trouve à la place d'honneur un livre remarquable. Ecrit dans les temps anciens par des hommes simples, il renferme les plus hautes vérités mises à la portée de tous. Ce livre a pour but de raconter, après l'avoir annoncée d'avance, la vie d'un homme qui parut, il y a dix-huit cents ans, sur la terre et dit : « Je suis la Vérité. »

Jamais personne n'a su, comme cet homme-là, découvrir le cœur humain. D'une main impartiale, il a placé le miroir sous les yeux des pharisiens hypocrites : « Vous êtes, leur disait-il, des sépulcres blanchis, des vases lavés au dehors, mais au dedans, pleins de pourriture. » Aux yeux des gens de mauvaise vie, il présentait l'image de l'enfant prodigue qui, poursuivi par la misère et le remords, vient se jeter dans les bras de son père. A tous, il montrait le miroir ; à chacun, il disait : « Tu es cet homme-là ! » Et tous se reconnaissaient, les uns avec des grincements de dents, les autres avec des larmes de repentance.

Et ce qu'il y a d'extraordinaire dans la parole de Jésus-Christ (car c'est de lui que je parle), c'est qu'elle n'a pas vieilli. Les vieux moralistes sont morts, et leurs paroles sont mortes aussi. On les conserve, on les relit, pour l'amour du grec et du latin. Mais qui donc aujourd'hui demande des conseils à Sénèque, à Epictète, à Platon lui-même ? Sur dix mille libres-penseurs qui parlent de Socrate avec admiration, en est-il un seul qui puisse citer de lui une phrase entière ? — Aucun de ces gens-là n'a su trouver la racine du mal ; ils ont flétri les vices et les travers des hommes, ils n'en ont pas dénoncé la véritable source. Jamais aucun d'eux n'a dit : « Réconciliez-vous avec Dieu, car c'est de votre révolte que sont sortis tous vos crimes ! »

Mais Jésus-Christ, le ressuscité, a mis dans sa parole une puissance divine. Elle est de tous les temps, elle reflète fidèlement l'image de tous les hommes. On ne saurait lire sérieusement la Bible sans entendre en soi retentir une voix accusatrice, et sans se voir tel qu'on est, c'est-à-dire égoïste, rebelle à Dieu, condamné par l'éternelle justice.

C'est pour cela, sans doute, que bien des gens n'aiment pas ce livre. Quand on a le visage rongé par un cancer, on n'interroge guère le miroir. A quoi bon ? Le mal est sans remède, mieux vaut fermer les yeux et n'y plus penser ! Oui, voilà pourquoi si peu d'âmes ont le courage de se regarder dans le miroir de la Parole de Dieu : elles ont peur, elles ont honte.

Pauvres âmes ! Elle ignorent que Jésus-Christ n'est pas seulement la Vérité qui condamne, qu'il est aussi la Grâce qui sauve. C'est ici qu'éclate sa divine originalité ! Il illumine et transfigure quiconque le regarde ; il prend la forme du coupable, et donne au pécheur la ressemblance de Dieu.

L'homme de douleur, l'homme abandonné et misérable, l'homme dont le corps, le cœur et l'esprit ne sont qu'une plaie, l'homme qui subit l'enfer, le voilà ! Quiconque veut voir, comme dans un miroir, la noirceur de son âme, qu'il regarde au Christ sur la croix ! Car c'est là qu'il a pris notre place, c'est là qu'il est le représentant de l'humanité perdue !

Mais quel est celui qui, sortant vainqueur d'une tombe ouverte, semble toucher à peine la terre du pied, et va bientôt s'élancer dans les profondeurs du ciel ? Le bonheur éclate dans son regard, la sainteté illumine son front. Ah ! quiconque veut, comme dans un miroir, contempler sa propre âme rachetée, délivrée du péché, quiconque veut voir ce que le pécheur est devenu aux yeux de Dieu, qu'il regarde au Ressuscité !

J'ai vu un enfant au visage sali de boue. Il pleurait, mais ses pleurs, loin de laver ses joues, ne faisaient que les enlaidir. Il arriva près d'un ruisseau, s'y pencha ; il y vit son image, et prenant dans ses deux mains l'eau de la source, il y lava tout à la fois ses larmes et sa souillure.

Lecteurs, lisez l'Évangile, approchez-vous de Jésus-Christ ! Venez à ce Sauveur qui a donné à tant d'âmes la vérité, la joie, la sainteté. Penchez-vous sur ce miroir fidèle ; demandez à l'Esprit de Dieu ses lumières pour que tout ce que vous devez savoir vous soit révélé ! Ne discutez pas cette Vérité éternelle : toutes les protestations de la coquetterie ne sont rien en face du miroir. Que sert de vous croire bons si vous êtes mauvais ? Acceptez le jugement que Dieu porte sur vous ; puis, lavez dans la source d'eau pure qui coule du Calvaire votre âme pécheresse, mais sauvée par la foi aux mérites et à l'amour de Jésus-Christ.

La forteresse assiégée

I

Depuis longtemps la forteresse était assiégée, et nulle chance de salut n'apparaissait. Les principaux chefs avaient été tués. De l'armée florissante qui, naguère, défendait ces murs, il ne restait que quelques centaines d'hommes décharnés par la faim, les fatigues et les blessures. Car les vivres manquaient, et bientôt même les munitions seraient finies. On pouvait prophétiser, presque à coup sûr, le jour et l'heure où la forteresse devrait se rendre.

Devant les murs, où des brèches énormes apparaissaient, l'armée assiégeante attendait, tranquille, l'heure fatale de la reddition. Elle guettait sa proie, et devenait plus insolente à mesure que son facile triomphe devenait plus proche et plus certain. Dans la forteresse, lamentations, gémissements, pleurs de rage ; dehors, cris de joie, chants de soldats ivres de curée ; voilà ce qu'aurait entendu le spectateur placé entre les deux armées.

Ce jour-là, un grand conseil des premiers officiers se tenait dans le bâtiment principal de la forteresse. Il s'agissait de décider la grande question : faut-il se rendre ou périr sous les ruines de la place ? On avait envoyé un parlementaire à l'ennemi, pour savoir quelles conditions il ferait aux défenseurs malheureux : « Aucune, » avait-il été répondu. « Rendez-vous à discrétion. » Et l'on se demandait avec crainte ce que cela voulait dire.

Quand le conseil de guerre fut réuni, le président se leva. Il exposa que les vivres étaient épuisés, que les munitions allaient bientôt l'être, que les brèches ne pouvaient plus être réparées, que les soldats étaient exténués et découragés. Quand il eut fini, un morne silence régna longtemps. Enfin, l'un des plus vieux officiers prit la parole :

« Le courage est une bonne chose, dit-il, et je crois avoir fait mes preuves. Mais le courage devient folie quand on lutte dans de pareilles conditions. J'opine pour que nous rendions la place. »

Beaucoup approuvèrent du geste. Ces hommes au teint hâlé étaient devenus las comme des femmes. Un seul osa dire : « Faisons sauter la place, et mourons tous ensemble, en sauvant notre honneur. » On se mit à rire ; on trouva fort originale l'idée du jeune officier. Mais chacun pensait à sa femme, à ses enfants, à son bien, et chacun espérait que l'ennemi lui laisserait au moins la vie sauve.

D'ailleurs, il y avait, parmi les chefs, un certain nombre d'hommes qui avaient reçu des présents de l'ennemi, ou tout au moins de belles promesses, s'ils décidaient la majorité à se rendre sans conditions. Ceux-là rirent le plus fort, et l'héroïque jeune homme s'assit, couvert de ridicule.

Cependant, le président prit de nouveau la parole :

« Avant de prendre une décision si fatale, laissez-moi vous dire, Messieurs, qu'un moyen de salut nous reste peut-être encore. Nos officiers du génie, en compulsant les archives de la forteresse, ont découvert mainte allusion, dans des manuscrits fort anciens, à un certain passage couvert qui, s'ouvrant au milieu même de la place, déboucherait en pleine campagne, sur les derrières de nos ennemis. Mais, quelque recherche qu'on ait faite, on n'a pu retrouver ce passage secret. Si l'un de nous pouvait le découvrir avant l'assaut qui va nous être livré tout à l'heure et qui, je le crains, sera le dernier, nous serions sauvés. »

Et comme personne ne répondait, l'un des chefs vendus à l'ennemi dit : « A quoi bon attendre, ou chercher une issue illusoire ? Si ce passage a existé, il s'est écroulé depuis longtemps. N'oublions pas que, si la forteresse est prise d'assaut, il n'y a de quartier pour personne. Sauvons nos vies pendant qu'il en est temps, et rendons-nous sans condition, nous en remettant à la clémence des vainqueurs. »

On allait voter la funeste proposition, et déjà plusieurs levaient la main, quand un homme entra, qui n'était point un officier. Il portait un vêtement d'ouvrier, mais son visage était empreint d'une indéfinissable majesté. Il s'avança vers le président :

— Qui êtes-vous ? Que voulez-vous ? lui dit sévèrement celui-ci.

— Je suis l'un des vôtres. Je viens sauver votre vie et celle de la garnison. Vous avez parlé, tout à l'heure, d'un chemin caché, par où vous pourriez sortir et attaquer l'ennemi par derrière. Je sais où se trouve l'entrée de ce chemin.

— Et comment le sais-tu ? lui demandèrent-ils. As-tu le plan des anciennes fortifications ?

— Mieux que cela. J'ai assisté à la construction de ces murs ; j'en ai dirigé les travaux...

A ces mots, malgré la gravité de la situation, un éclat de rire universel éclata :

— C'est un fou ! s'écria-t-on. Pauvre homme, comment pouvais-tu être présent, puisque cette forteresse existe depuis plusieurs siècles ?

— Avant que vos pères fussent, j'étais, répondit l'ouvrier ; et son visage montra une telle splendeur, et l'on vit dans ses yeux une flamme si profonde, que plusieurs en furent étonnés. Cependant, les chefs vendus détachèrent quelques-uns d'entre eux pour prévenir l'ennemi qu'il n'y avait pas de temps à perdre, qu'un intrus venait d'arriver qui pourrait rendre du courage à la place, qu'il fallait donner l'assaut tout de suite. Après quoi ils crièrent plus fort que les autres :

— C'est un fou, c'est un fou !

Mais lui, se plaçant près d'une fenêtre, de façon à être entendu des soldats qui gardaient les portes et remplissaient les cours, éleva la voix :

— Je vous dis qu'il y a un chemin pour sortir de ce lieu menacé ! Je le connais, car c'est par là que je suis venu jusqu'ici ! Comment, sans cela, pourriez-vous expliquer ma présence parmi vous ? Suivez-moi ! Je sais les desseins de l'ennemi : il ne vous fera aucun quartier. Ceux même qui, sur la foi de ses promesses, se sont vendus à lui, seront réduits en esclavage. Les autres seront passés au fil de l'épée. L'assaut sera donné dans un moment. Je vois déjà leurs bataillons se mettre en marche ; j'entends leurs trompettes victorieuses. Suivez-moi ! suivez-moi !

En parlant ainsi, il traversa la salle et la cour. Une multitude d'hommes le suivirent. En vain les traîtres voulaient-ils les retenir : l'amour de la vie était plus fort que tout.

Il les conduisit dans un coin de la forteresse, en un lieu semé de tombes, un ancien cimetière où l'herbe croissait en abondance autour des pierres tumulaires. Il s'approcha de l'une d'elles, et leur dit, d'un geste d'autorité :

— Otez la pierre !

— Quoi, c'est ici ? s'écrièrent-ils. C'est par une tombe que tu veux nous conduire à la vie ?

— Oui, leur répondit-il, car cette tombe a deux issues. Elle n'est pas semblable aux autres. C'est un long corridor sombre, mais la lumière se trouve à l'autre bout ! Courage, entrez-y et marchez !

La pierre avait été roulée. Ils se penchèrent, et virent un trou noir, descendant obliquement dans les profondeurs du sol. On y pouvait descendre et y cheminer en se baissant. Beaucoup reculèrent alors et dirent : « C'est impossible ; nous ne voulons pas descendre là. Qui sait où cela nous mènerait ? »

— A la vie, vous dis-je. Entrez. Il n'y a pas un instant à perdre ! Déjà l'ennemi est aux murailles. Sauvez-vous ! Sauvez-vous !

— Et toi ? lui dirent-ils.

— Allez les premiers, je garderai l'issue jusqu'à ce que vous soyez sauvés, leur répondit-il.

Et comme les trompettes ennemies retentissaient, et qu'on entendait de toutes parts des cris de carnage, quelques-uns se décidèrent enfin à entrer dans le sombre corridor. Il était temps. Quand le dernier eut pénétré dans l'étroit passage, les ennemis, guidés par les traîtres, envahirent le cimetière. Ils entourèrent la tombe : « A mort ! » crièrent-ils. Et, au bord de ce sépulcre béant, ils immolèrent celui qui l'avait ouvert pour le salut des autres.

III

Cependant, les fugitifs étaient parvenus de l'autre côté.

« Il nous avait dit vrai ! se répétaient-ils, pleins de joie. Nous sommes sauvés ! » Mais une pensée triste remplaçait aussitôt celle-là : « La forteresse est aux mains de l'ennemi, et notre sauveur lui-même, qu'est-il devenu ? »

Ils se résolurent à un acte courageux : « Pendant que nos adversaires ne pensent qu'au pillage, attaquons-les à notre tour ; Dieu soutiendra notre juste cause ! »

Ils firent ainsi. L'ennemi, étonné, entendit soudain retentir un cri de guerre derrière lui. Il n'avait pas achevé son carnage dans la place : ceux qui résistaient encore reprirent courage à ce renfort inespéré, et l'assiégeant se trouva pris entre deux feux. Et l'on vit soudain, au premier rang des combattants, l'Homme qu'on avait cru mort. Il s'était relevé et semblait présent des deux côtés à la fois. Il avait ramassé le drapeau que les traîtres avaient fait tomber devant l'ennemi ; il l'élevait au-dessus de sa tête, et les combattants pouvaient le voir flotter, gage et espérance de la victoire. Enfin, la bataille fut terminée. L'ennemi, vaincu, se retira en désordre, laissant les murailles et les cours jonchées de ses morts. Et les vainqueurs portèrent en triomphe leur sauveur jusqu'au lieu où s'ouvrait la tombe libératrice, et sur la pierre du sépulcre ils le sacrèrent seigneur et roi de cette ville dont il avait été deux fois le fondateur!

La fête des morts

JOURNAL D'UNE ORPHELINE

1er novembre. — Le vent souffle âprement dans les arbres du boulevard, emportant les dernières feuilles en un tourbillon désespéré. Les feuilles s'en vont, mais des nuages arrivent, de grands nuages gris qui ne laissent pas au ciel un seul petit coin bleu. Oh! qu'il fait triste dans notre chambre! Je dis *notre,* oubliant toujours que je l'habite seule maintenant… Ma mère disait souvent : « Nous sommes à l'étroit ici, il nous faudra déménager. Hélas! je m'y sens perdue comme en un désert…

Je me souviens que, l'année dernière, à pareil jour, nous allâmes toutes deux porter une couronne sur la tombe de mon père, mort dans ma première enfance. J'ose à peine l'avouer, la foule m'amusa : j'étais si jeune alors, si gaie, si insouciante! Le cimetière me rendit sérieuse, mais ma mère était là, et je n'avais pas froid au cœur comme aujourd'hui… Seule, seule au monde!

Une visite m'a interrompue. C'est la voisine, bonne femme qui a soigné ma mère avec beaucoup de dévouement pendant sa courte maladie. Elle est entrée tout émue, tenant en main une lettre, une lettre de son fils! Elle le croyait mort. Il paraît qu'il vient de débarquer au Havre, retour d'Amérique; sa lettre le montre repentant, mais malade et sans ressources. Il n'a pas même de quoi venir jusqu'ici, et prie sa mère de lui envoyer l'argent du voyage. Je n'ai jamais vu ma voisine dans un pareil état. Elle est hors d'elle. Elle n'a pas les quinze francs nécessaires, et le Mont-de-Piété est fermé aujourd'hui! Pauvre femme!

J'ai bien là, justement, quinze francs économisés sur mes dernières semaines, mais c'est de l'argent sacré. Ce jour t'appartient, ô ma mère!

Je vais aller prier sur ta tombe, et je n'irai pas les mains vides. Ces économies sont pour toi; je veux t'apporter la plus belle couronne qu'on puisse trouver pour ce prix.

La voisine est revenue. Elle avait l'air embarrassé. Evidemment elle avait quelque chose à dire, et n'osait pas. Enfin, elle s'est enhardie, et m'a demandé de lui prêter quinze francs.

Quinze francs, la couronne de ma mère! Je la sacrifierais pour payer le voyage de son chenapan de fils, qui probablement ne se repent que parce qu'il n'a plus le sou ! « Non, mère Marcel, ai-je répondu, je ne puis pas, j'en suis bien fâchée. »

La pauvre femme est partie, les larmes aux yeux. Comme elle aime son fils ! C'est comme cela que ma mère m'aimait...

Etrange coïncidence ! En m'habillant pour sortir, j'ai retrouvé sur une étagère une feuille imprimée qu'on mit dans la main de ma mère à la Toussaint passée, comme nous sortions du cimetière. Je me souviens qu'elle dit, après l'avoir lue : « Marie, gardons ce papier ; il y a de belles choses là dedans. » Elle l'a relue plusieurs fois pendant sa maladie : ce sont des extraits des Évangiles.

On y raconte qu'une femme dont le nom était comme le mien, Marie, vint un jour répandre sur les pieds du Christ un parfum de grand prix, qu'elle avait destiné à la sépulture de Jésus, mais qu'elle avait préféré lui offrir de son vivant.

Il y est dit aussi que, le surlendemain de la mort du Sauveur, tandis que les femmes qui l'avaient suivi jusqu'au Calvaire se penchaient tristement sur son sépulcre, un ange leur apparut et leur dit : « Pourquoi cherchez-vous parmi les morts celui qui est vivant ? Il n'est point ici, il est ressuscité ! »

Ah ! quel bonheur pour elles !... Mais moi, aucun ange ne me consolera. Ma mère est morte, morte pour toujours...

Est-ce bien vrai ? Celle qui, sur ce lit, il y a quelques mois à peine, me disait à l'oreille : « Marie, je vais au ciel, Dieu m'a pardonné pour l'amour de son Fils, » — puis s'endormit en souriant dans mes bras, — elle serait là-bas, inerte et froide, sous la terre ? Non, ce n'est pas possible, Dieu ne l'a pas trompée, elle est au ciel ! Ce qui reste d'elle ici-bas ne sent rien, ne voit rien, n'est qu'un peu de poussière. Son esprit lumineux est là-haut. Moi aussi, je cherche parmi les morts quelqu'un qui est vivant !

Elle est vivante, elle est heureuse, elle n'a plus besoin de moi... Mais pourquoi donc, ô Dieu ! m'avoir laissée ? Pourquoi ne nous avez-vous pas prises toutes deux ?

La feuille que j'ai retrouvée raconte qu'au moment d'expirer, Jésus regardant son ami intime, l'apôtre Jean, qui se tenait là, comme s'il eût voulu mourir avec son Maître, lui dit en lui montrant une femme âgée, noyée dans la douleur : « Voilà ta mère. » C'était lui dire : « Ne t'enferme pas dans un deuil stérile. Je pars, mais il en reste d'autres ; aime-les pour l'amour de moi. »

Ah ! je vois maintenant ce que tu veux que je fasse, divin Sauveur, qui me parles par cette feuille imprimée. Tu veux que, pour l'amour de toi, qui as donné la paix à ma mère mourante, de toi qui veux aussi me rendre la vie heureuse et la mort facile, je serve de fille à cette pauvre femme. « C'est à elle, me dis-tu, qu'il faut offrir ce que tu destinais à une tombe muette, c'est elle qu'il faut servir si tu veux me servir moi-même... Voilà, voilà ta mère ! »

J'obéirai, Seigneur Jésus !

Je reviens, non du cimetière, mais de la poste, où nous avons porté la lettre et l'argent. Comme elle est contente, la mère Marcel ! Son fils reviendra demain. Elle m'a mille fois bénie...

Le vent souffle encore, mais il a chassé les grands nuages gris. La nuit est venue ; dans l'azur clair et froid brillent les étoiles d'or. Je ne me sens plus seule. Entre la voisine et moi, la cloison s'est amincie. Et puis, mon Sauveur et ma mère sont au ciel, et depuis tout à l'heure le ciel s'est rapproché de moi.

La source

Loin, très loin de toutes les villes, dans une gorge sauvage des Pyrénées, au milieu d'un éboulement de roches qui fait penser au chaos primitif, un pauvre chevrier découvre un jour une source, que l'on n'avait pas remarquée avant lui. Peut-être une avalanche de l'hiver précédent a-t-elle emporté les pierres qui en obstruaient le passage ; quoi qu'il en soit, il la découvre et, curieux, en goûte les eaux : elles sont tièdes, elles ont une odeur fétide, une saveur saumâtre… Le chevrier descend au village, et parle à quelqu'un de sa découverte. Le savant de l'endroit se rend sur les lieux accompagné du pâtre ; puis arrivent des médecins : quelques années plus tard, au fond de cette gorge, s'élève un splendide bâtiment où la foule se presse pendant la belle saison. L'eau de la source jadis ignorée, l'eau fétide et salutaire, coule à flots par vingt robinets dans des vasques de marbre, et cette foule accourt — riches et pauvres (riches surtout), jeunes et vieux, de Paris, de la France, de tous les pays du monde, pour boire la santé et la vie.

Peut-on trouver une plus belle, plus complète image de l'Évangile, et de la manière dont il s'est répandu dans le monde ?

Un pauvre pêcheur, rencontrant un de ses amis, lui dit, tout joyeux : « Nous avons trouvé le Messie : c'est Jésus de Nazareth ! » L'autre hausse les épaules : « Nazareth ! Peut-il venir quelque chose de bon de cet endroit-là ? — Viens et vois ! » lui répond son ami. Nathanaël accepte l'invitation ; il fait l'expérience, pour son propre compte, qu'il peut venir quelque chose de bon de cette bourgade méprisée ; il devient un témoin du Sauveur, et c'est ainsi que, au bout de peu d'années, Nazareth et Bethléem sont les villages les plus célèbres du monde, le Calvaire est la colline la plus visible à tous les yeux, et la croix, instrument d'infamie, est maintenant le signe de la gloire.

Qui sait aujourd'hui le nom du pauvre chevrier des Pyrénées ? Personne ne s'en inquiète. Il ne vient à l'esprit d'aucun incrédule de dire : « Je ne crois pas à l'efficacité de ces eaux (Barèges, Cauterets, Luchon, peu importe), parce que c'est un ignorant qui les a découvertes. » Il suffit que ces eaux soient là, qu'elles coulent abondamment, que des milliers de malades aient éprouvé leur vertu, pour que l'on soit contraint d'y croire.

Il en est de même de l'Évangile. Qu'importe que ses premiers propagateurs aient été de pauvres gens, des hommes sans culture ? En le lisant nous y découvrons une saveur particulière qui n'est pas celle de la littérature humaine : cela seul mérite notre attention. Et l'expérience de dix-huit siècles nous affirme son efficacité : des riches, des pauvres (des pauvres surtout), des savants et des ignorants, y sont venus de tous les bouts du monde ; ils ont bu la santé, la force, *la vie éternelle* à cette source de grâce et de pardon qui jaillit du cœur de Jésus-Christ.

Lecteur, venez donc à cette eau merveilleuse qui vient à vous, et vous dispense d'accomplir le moindre pèlerinage ! Tout récemment, nous visitions à Lourdes la fameuse grotte où la superstition d'une pauvre petite fille a causé la plus grande recrudescence de paganisme qui se soit vue en France depuis les temps barbares. Ce jour-là, trois mille personnes environ, conduites par un évêque, marchaient processionnellement vers la fontaine miraculeuse, au chant de cantiques où les noms de Dieu et de Jésus-Christ brillaient par leur absence. De temps en temps, comme une mélopée, revenait sur un ton plaintif un *Ave Maria* qui n'en finissait pas. Grand spectacle cependant, et dont nous fûmes profondément ému, que celui de tous ces pauvres gens venant implorer Marie à son sanctuaire dans l'espoir d'un miracle, qui pour sa santé, qui pour ses récoltes, qui pour ses péchés ! Quand le vieil évêque prit la parole devant cet immense auditoire, nous eûmes l'espoir qu'il dirait un mot de vérité et de réelle espérance à ses ouailles : oui, même dans ce lieu d'idolâtrie, nous aurions béni Dieu de toute notre âme pour une parole de repentance et de foi en Celui qui seul a porté les péchés du monde : nous ne l'avons pas entendue. « Marie, Reine des cieux et de son propre Fils, Marie, dépositaire de la toute-puissance, a daigné se révéler sur le sol sacré de Lourdes ; prions-la, mes bien-aimés frères, pour cet homme *qui, pour nous, n'est pas un homme*[a] et qui gémit dans les fers, Sa Sainteté le pape Léon XIII. Prions-la pour l'abolition des lois impies, des lois funestes, la loi scolaire et

---

a. Textuel. Discours prononcé à Lourdes, le 11 août 1890, par Mgr l'évêque de Périgueux.

la loi militaire ; prions-la pour la fertilité de nos campagnes ; enfin, prions-la pour la guérison de nos malades. » Et nos péchés, seigneur évêque, qu'en faites-vous ? — L'évêque n'y a pas songé. Heureusement, le Rév. Père, directeur des missionnaires de Lourdes, y avait songé pour lui : dans un petit discours aimable, il avait rappelé qu'on devait gagner le plus d'indulgences possible en visitant tous les sanctuaires, et il avait invité tous ses « bien-aimés frères à passer *aux bureaux* situés à côté de la basilique, pour y faire leurs commandes d'eau en bouteilles, à l'intention de ceux qui, hélas ! n'avaient pas pu venir en pèlerinage.

Devant la grotte, où sont suspendues d'innombrables béquilles enfumées par les cierges qui brûlent incessamment, les uns se lavent, d'autres boivent, d'autres prient. Bien que, sur une grande plaque de marbre, on ait inscrit le commandement fait par la Vierge à Bernadette Soubirous de boire, de se laver et *de manger l'herbe qui croît aux environs,* nous n'avons vu personne brouter. Les larmes nous sont montées aux yeux en voyant, sur un lit, un pauvre malade qu'on avait traîné là… Seigneur, combien ta patience est admirable, et quelle colère sera la tienne, quand tu paraîtras de nouveau, armé du fouet vengeur !

Venez, lecteur, vous qui avez soif d'une eau qui désaltère l'âme, vous qui voulez une religion d'esprit et de vérité ! Buvez, buvez les paroles du divin Maître, ses promesses, ses assurances de pardon : elles sont pour vous ! « Jésus-Christ cria à haute voix : Si quelqu'un a soif, qu'il vienne à moi et qu'il boive ! Celui qui croit en moi, des fleuves d'eau vive couleront de lui… Or, il disait cela pour signifier le Saint-Esprit. »

L'arc-en-ciel

I

Sur ses ailes rapides, l'orage s'est enfui. De sourds et lointains roulements de tonnerre se font entendre encore, mais là-bas, vers l'orient, un coin d'azur apparaît, et les nuages, toujours plus sombres à mesure que grandit la lumière, se massent à l'autre bout de l'horizon. Leur armée ténébreuse recule devant le soleil, et tout à coup, comme pour rendre ce triomphe plus complet, voici qu'une immense auréole se dessine sur le fond noir du ciel, un arc lumineux qui touche la terre à ses deux extrémités. Quelle main d'un seul trait a décrit cette courbe parfaite. Et ces vives et pures couleurs, à quelle palette ont-elles été prises ? L'arc-en-ciel apparaît tout formé, comme s'il eût existé de tout temps à cette place, derrière un voile qui se fût soudainement déchiré. Ceux que la tempête enveloppait naguère de ses obscurités redoutables contemplent, ravis, ce brillant météore ; ils bénissent la paix dont il est l'emblème ; ils admirent la sagesse éternelle qui, non contente de donner au soleil la victoire sur les nuages, contraint ceux-ci à refléter sa lumière en la rendant plus douce, et les transforme en un prisme révélateur.

Symbole de la protection divine assurée à ce pauvre monde, l'arc-en-ciel brille toujours quelque part sur la terre. Il ne s'écoule pas un jour, pas une heure, sans que la tempête ne déploie ses horreurs sur quelque coin du globe, et sans que se déploient à leur tour les sept couleurs, éclatante oriflamme de la paix.

D'ailleurs, ne les retrouvons-nous pas sous mille formes dans les fleurs du printemps et de l'été, sur les ailes multicolores des insectes qui bourdonnent au soleil, dans les reflets changeants de l'onde qui court sous les saules, dans les vapeurs qui couvrent la grève au matin, et ne se dissipent qu'aux ardeurs du jour?

L'arc-en-ciel, je l'ai vu sous mes pieds — spectacle inoubliable! — lorsque je me penchais sur les chutes du Niagara. Les flots s'élançaient en torsades blanches et vertes sur les rocs qu'on eût dit emportés par l'énorme torrent; une aveuglante poussière d'eau s'élevait de ce tourbillon, puis retombait pour s'élever encore; tout semblait s'écrouler et disparaître dans ce déluge, et moi-même, cramponné au frêle parapet, je croyais sentir la passerelle s'en aller vers le gouffre… Une chose, cependant, restait immobile : l'arc-en-ciel, pareil à un large ruban de gaze diaprée que des anges invisibles auraient tenu déployé. Et, dominant le tonnerre des flots, un chant d'oiseau me parvenait du rivage, tandis que sur l'abîme aux remous incessants planait le sourire immuable de Dieu.

II

Mais ce signe d'alliance entre le ciel et la terre, visible aux yeux de la chair, est impuissant à dissiper les terreurs de l'âme. Il est d'autres nuages que ceux de la nature ; il est un autre soleil plus redoutable et plus clément à la fois. Ces nuages, ce sont mes péchés, et ce soleil, c'est Dieu.

Longtemps, bien longtemps, mon âme désolée sentit peser sur elle un ciel de plomb. La divine lumière ne lui apparaissait que par intervalles ; non la lumière calme et douce de la fraîche aurore ou des soirs sereins, mais pareille aux ardents rayons qui, parfois, avant l'orage, percent l'obscurité, rendant la chaleur plus accablante et l'air plus étouffant.

Tout à coup, l'orage éclata. Du ciel que mes péchés avaient rendu si noir, le déluge effroyable des remords s'abattit sur ma tête ; le tonnerre de la loi violée se fit entendre ; la foudre des jugements frappait sans relâche à ma droite, à ma gauche, devant et derrière moi… Par quel miracle ai-je échappé ? C'en était fait de mon âme éperdue si elle n'eût en cet instant découvert un refuge : ce fut ta croix, ô Jésus, la croix où tu mourus, non des blessures cruelles que te firent la lance et les clous, mais de ce coup de foudre que tout homme devait subir, et que tu subis à ma place : la malédiction mystérieuse du Père ! J'étais sauvé ! Même avant que le dernier roulement du tonnerre fût parvenu jusqu'à moi, avant que j'eusse levé les yeux, un joyeux rayon de lumière m'annonçait la délivrance. Peu à peu s'en allèrent à l'autre bout de l'horizon les péchés qui m'avaient si longtemps attristé. Je les vis encore, et je me demandais pourquoi le vent ne les emportait pas plus loin, lorsque apparurent, sur leur ombre sinistre, les sept lettres d'un mot inconnu, splendide auréole qui unissait la terre au ciel. Elle rayonnait d'un éclat incomparable, et je sentis mon cœur s'emplir d'une paix profonde. Dieu, le Dieu que nul ne peut voir sans mourir, se révélait à moi, ô mystère adorable ! Mes péchés eux-mêmes, servant de prisme à sa gloire, faisaient resplendir à mes yeux son nom ineffable : **Charité**.

III

Depuis ce jour, je vois ce mot briller sur toute chose ; il m'apparaît, brodé par le printemps au bord des frais ruisseaux et sur l'aile diaprée des papillons ; je le vois scintiller dans les gouttes de rosée que l'aurore laisse après elle sur les brins d'herbe, et les étoiles l'écrivent chaque soir dans la profondeur des cieux.

Mais je la vois aussi, la divine Charité, planer sur les eaux bourbeuses de la terre ; arc-en-ciel nouveau, elle jette sa traîne lumineuse sur toutes les laideurs, non pour me les cacher, mais pour qu'en face du mal, je ne perde point l'espérance. Elle brille dans les larmes mêmes — cette amère rosée que dissipera bientôt le Soleil de Justice. Elle rayonne sur le front blême du criminel, et me fait voir en lui, jusque sur l'échafaud, un être qui porte encore l'image de Dieu.

Mais comment osé-je comparer la charité qui m'est apparue sur le Calvaire, à l'arc-en-ciel, météore fugitif, courbe incomplète, demi-cercle qui va du ciel à la terre et ne descend pas plus bas ? L'amour de Dieu embrasse en son cercle parfait le ciel, et la terre, et l'abîme ; il resplendit dans la tombe aussi bien que dans l'azur. « Il est descendu aux enfers… »

O Dieu qui habites une lumière inaccessible ! Toi dont jamais l'homme mortel n'a contemplé la face ! Toi dont la présence me ferait mourir, mais dont l'absence me ferait mourir plus sûrement encore ! Tu m'as promis de chasser un jour tous les nuages et d'essuyer tous mes pleurs. Tu me donnes l'espoir, à moi faible vermisseau, de te contempler sans voiles, et de te ressembler. Je te bénis pour ces promesses, j'y crois, et je t'attends. Mais jusqu'à l'heure où, ressuscité, j'entrerai dans ton sanctuaire, je te bénis, ô mon Dieu, d'avoir fait servir à ta gloire mes imperfections et mes souffrances, puisque c'est dans ces choses mêmes que tu m'as révélé ton amour !

Le peintre

J'AI RENCONTRÉ, l'autre jour, dans le parc de Saint-Cloud, un homme aux longs cheveux incultes, à la barbe hérissée, armé d'un immense parasol, et portant tout un attirail sous le bras. Il fumait une longue pipe noire ; ses vêtements étaient tachés, on eût dit un brigand... Mais vu de près, il n'avait pas l'air très féroce, et je me mis à l'observer.

Il allait devant lui, au hasard, jetant à droite et à gauche des regards scrutateurs, s'arrêtant par moments pour examiner un arbre, un vieux tronc, une perspective, avec l'air hésitant d'un critique peu satisfait. Moi, profane, j'admirais toute chose ; tous les arbres me semblaient beaux, toutes les fleurs charmantes ; mais il n'en était pas de même pour mon artiste, car vous avez deviné que c'en était un.

Tout à coup, nous débouchâmes sur une sorte de clairière, un grand espace gazonné au centre duquel s'élevait un arbre, un arbre unique, gigantesque, dont les rameaux touffus couvraient d'ombre les alentours. On aurait dit que devant ce roi de la forêt, tous les autres arbres avaient reculé, se sentant indignes d'être près de lui. Un éclair jaillit des yeux de mon artiste ; il s'arrêta : « Voilà mon affaire », semblait-il dire. Il campa son chevalet, établit solidement son parasol et, saisi par la fièvre de l'inspiration, commença de tracer sur sa toile, en grandes lignes noires, la silhouette de l'arbre majestueux.

Nous aussi, nous sommes des peintres ! Chacun de nous peut laisser après lui un chef-d'œuvre, comme ce pauvre Millet, mort dans la misère, et dont le tableau : l'*Angélus*, payé près de 600 000 francs, fait l'admiration des deux mondes. De chacun de nous, enfant ou grande personne, il faut qu'on puisse dire un jour : « Il a bien travaillé ! Il a cherché le beau, le vrai, le bien, et il les a trouvés ! »

Tous peintres ? — Oui. Et pour commencer, n'avez-vous pas, vous, les jeunes, une belle toile à votre disposition ? C'est la toile, encore intacte, de *votre vie*. Vous ne vivrez pas longtemps, peut-être... J'espère que si, mais qu'importe ? On voit au Louvre des toiles de maître grandes comme la main. L'essentiel n'est pas d'avoir beaucoup de temps à vivre, mais de remplir sa vie de choses vraiment grandes. Tel enfant, mort à dix ans, a plus fait pour le bien de ses semblables qu'un homme de quatre-vingts.

Et des couleurs, vous en avez aussi ! Sans parler de celles de vos joues, que nous avons tant de plaisir à voir, vous avez l'*imagination*, la *mémoire*, toutes les facultés de l'*intelligence*, tous les dons du *cœur*. Quelle palette merveilleuse ! Vous disposez à votre gré du blanc, du rose et du bleu. Qu'allez-vous faire, enfants, de toutes ces belles couleurs ?

Il vous faut un modèle. Ce monde en est rempli. Il y a même plus de gens enclins à *poser*, qu'il n'y a de gens capables de faire des chefs-d'œuvre. Il y a de belles et grandes vies qu'il vaudrait la peine d'imiter. Quand j'étais enfant, mon idéal changeait avec mes lectures : tantôt j'aspirais à être un héros sur les champs de bataille : un Coligny, par exemple ; tantôt j'aurais voulu être un missionnaire et un explorateur, comme Livingstone. Mais en avançant dans l'immense forêt humaine toute peuplée de nobles exemples, j'ai rencontré un arbre devant lequel tous les autres m'ont paru petits, et semblables à des buissons croissant au pied d'un chêne... Un espace immense est couvert de son ombre, et dans son feuillage tous les oiseaux font leur nid : ce Roi de la forêt, cet Homme parmi les hommes, c'est Jésus-Christ : voilà, voilà mon modèle ! Et toute mon ambition désormais c'est de le copier du mieux que je le puis.

Est-ce tout ? Non. Nous avons jusqu'ici oublié l'essentiel. On peut avoir une toile, une palette, tout l'attirail du peintre ; on peut avoir un modèle, le meilleur de tous : on n'est pas artiste pour cela. Il faut ce qui ne se porte pas dans une boîte, ce qui ne s'achète pas chez les marchands, ce qui ne s'apprend même pas à l'Ecole des Beaux-Arts : il faut ce don mystérieux, invisible, inexplicable qui s'appelle : *le talent*. C'est le talent qui révèle à l'artiste ce que le vulgaire ne voit pas, c'est lui qui enflamme son imagination, dirige son pinceau, et du pêle-mêle des couleurs étalées sur sa palette, fait sortir ces chefs-d'œuvre de beauté et d'harmonie qu'on ne croit jamais payer trop cher.

Eh bien ! Pour devenir un chrétien véritable, il ne suffit pas d'avoir une vie toute fraîche, toute jeune encore ; il ne suffit pas d'avoir de l'intelligence et du cœur ; il ne suffit même pas de connaître Jésus-Christ, le parfait modèle qui nous est présenté dans les Évangiles. Il faut ce don mystérieux, invisible, qui s'appelle le Saint-Esprit, ce souffle dont Jésus parlait quand il disait au docteur Nicodème : « Le vent souffle où il veut et tu en entends le bruit, mais tu ne sais ni d'où il vient, ni où il va, il en est ainsi pour tout homme qui naît de nouveau. » C'est le Saint-Esprit qui, lorsqu'il s'empare de nous, nous montre dans la croix et dans l'Évangile des beautés éternelles que le vulgaire ne voit pas ; c'est lui qui enflamme notre esprit et notre cœur, c'est lui qui dirige nos actions journalières, et du pêle-mêle des choses dont se compose notre vie, fait sortir la ressemblance parfaite et vivante de Jésus-Christ !

Les sandales du Christ

> Ayant pour chaussure les dispositions que donne l'Évangile de paix.
>
> (Eph.6.15)

I

« Pour l'amour de Dieu, femme, ne pourrais-tu me dire où se trouve le prophète qui, ces jours derniers, à Béthanie, tira un mort de son tombeau ? J'ai entendu parler de lui à Anathoth, où j'habite ; et malade, impotent comme tu me vois, je me suis traîné jusqu'ici dans l'espoir de le rencontrer, afin d'être guéri par lui. »

L'homme qui parlait ainsi venait d'entrer dans Jérusalem par la porte du nord. A demi paralysé, il marchait péniblement, appuyé sur deux bâtons. Il était vêtu pauvrement, et ses pieds nus étaient couverts de poussière. Son visage maigre et hâve indiquait la souffrance et la faim.

La femme à qui ce pauvre homme s'était adressé paraissait jeune et alerte ; elle revenait de la fontaine et portait sur son épaule une amphore pleine d'eau. Son bras, gracieusement reployé pour soutenir le vase, était orné d'élégants bracelets.

— Hélas ! répondit-elle, j'ignore de qui tu veux parler. Ne sais-tu pas le nom de ce prophète ? Il n'y a point à Jérusalem un si grand nombre d'hommes qui ressuscitent les morts ! C'est la première fois que j'entends cette histoire invraisemblable.

— Il s'appelle Jésus, Jésus de Nazareth, répondit le paralytique.

La jeune femme partit d'un éclat de rire.

— Jésus de Nazareth ! Veux-tu parler de ce Galiléen qui, l'autre jour, entra dans la ville entouré d'une troupe de jeunes polissons chantant sur son passage et agitant des rameaux poudreux ? Je l'ai vu, il était monté sur un âne, et des hommes de mauvaise mine, Galiléens comme lui, cheminaient à ses côtés. Il a même été l'occasion d'un scandale public, et je ne serais pas surprise qu'il fût, à cette heure, en prison : car on assure qu'il est allé, toujours accompagné de sa troupe, jusque dans le temple, qu'il a osé proférer des menaces contre les honnêtes commerçants et changeurs qui y sont établis, et même a renversé leurs tables, chassé leurs bœufs et mis leurs pigeons en liberté.

— Il n'est pas en prison, dit gravement un homme à turban brun qui s'était arrêté pour entendre la conversation : il est mort. Nos vénérables prêtres ont jugé qu'un tel séducteur ne pouvait, sans danger, être toléré plus longtemps. N'allait-il pas de ville en ville prêcher la révolte, tenant des propos séditieux contre nos rabbis, nos scribes, nos pharisiens, toutes les gloires de notre nation enfin ; et s'entourant de gens sans aveu, de péagers, de femmes de mauvaise vie soi-disant repentantes?... Aussi l'a-t-on dénoncé au procurateur, Pontius Pilatus, qui l'a condamné. Avant-hier on le crucifia, avec quelques autres malfaiteurs.

L'impotent, à l'ouïe de ces paroles, restait immobile et consterné :

— On m'avait donc trompé? murmura-t-il enfin. Cependant, ce miracle, cette résurrection...

— Lazare de Béthanie? reprit le nouveau venu. Oui, je sais, un pauvre hère un peu simplet, qui prétend être sorti du tombeau! Il fera bien de prendre garde à lui, car nos magistrats ont résolu de couper court à toutes ces histoires. Si ce Jésus avait pu ressusciter Lazare, voyons, se serait-il laissé mettre en croix?

— C'est juste, dit la jeune femme : « Médecin, guéris-toi toi-même. » Vois-tu, mon pauvre ami, tu n'as qu'une chose à faire : c'est de retourner chez toi et de ne plus te fier aux contes qu'on te fera sur les Galiléens vagabonds qui se disent prophètes... Pourtant, ajouta-t-elle, on n'aurait pas dû le faire mourir ; il n'avait pas l'air méchant, entouré de ces petits garçons qui agitaient leurs branches d'arbre.

Et, d'un pas harmonieux, elle s'éloigna, non sans avoir mis une pièce de monnaie dans la main de l'impotent.

II

Un tisserand, occupé dans sa petite échoppe, avait entendu tous ces propos. Il avait interrompu son travail pour mieux prêter l'oreille, mais n'avait pris aucune part à la conversation.

Quand la jeune femme et l'homme au turban brun se furent éloignés, le tisserand s'approcha du malade.

— Frère, lui dit-il, entre chez moi, tu te reposeras, et je te parlerai de Jésus de Nazareth.

Le pauvre homme accepta sans se faire prier, et s'assit sur une natte fort propre, étendue sur la terre battue qui formait le plancher de la boutique. Son hôte, prévenant, lui donna quelques coussins pour lui servir d'appui. Puis il alla chercher dans un bassin de l'eau fraîche, et se mit en devoir de laver les pieds du malheureux.

— Non, mon frère, non, ne fais pas cela, dit l'impotent, c'est trop, en vérité. Je ne suis qu'un pauvre homme, indigne de si généreuses attentions.

— Ne sais-tu pas qu'Abraham notre père lava lui-même les pieds de trois voyageurs ? dit en souriant le tisserand.

— Cela est vrai, répondit le paralytique, mais quelle différence entre ces visiteurs et moi !

— N'importe ! Céphas m'a raconté que, dans la nuit qui a précédé sa mort, le Maître (celui que tu appelles Jésus de Nazareth) lui a lavé les pieds à lui-même. Mais tu ne connais pas Céphas, ni Jésus… hélas ! celui-ci, tu ne le connaîtras jamais !

Et le tisserand, bien qu'il fût jeune et vigoureux, se mit à verser des larmes silencieuses, qui se mêlaient à l'eau du bassin qu'il tenait à la main.

— Parle-moi de lui, dit enfin le paralytique. Etait-il vraiment un prophète ?

— Oh ! oui, et plus qu'un prophète, répondit l'ouvrier avec exaltation ; nous l'appelions le Fils de David.

— Etait-il aussi puissant qu'on le dit ?

— Puissant comme Dieu !

— Et bon ?

— Comme Dieu !

— Et pourquoi donc s'est-il laissé tuer ?

Le tisserand laissa retomber sa tête et ne répondit pas.

— Ecoute, dit-il enfin, quand son visiteur eut achevé le repas qu'il avait placé devant lui, veux-tu venir avec moi ? Te voilà reposé maintenant... Nous irons à l'endroit où il est mort, ce n'est pas loin d'ici. Quelque chose m'y appelle sans cesse ; j'y étais déjà ce matin ; j'ai aussi visité son sépulcre, que j'ai trouvé vide, chose bien étrange ! Peut-être rencontrerons-nous quelque ami du Maître, qui m'expliquera ce que cela veut dire. Viens ! je t'aiderai à marcher.

— Soit, dit le paralytique. Mais, homme généreux, tu ne m'as point encore dit ton nom.

— Je m'appelle Marc, répondit le tisserand. Et toi ?

— Mon nom est Thaddeus.

Et les deux compagnons se mirent en route, l'un racontant à l'autre les actes du Maître incomparable disparu pour jamais.

III

Ils arrivèrent enfin à l'endroit où le supplice avait eu lieu, deux jours auparavant. Il était alors environ la troisième heure ; le soleil dardait ses rayons sur la terre nue et calcinée. On ne voyait rien là que les trous dans lesquels les croix avaient été dressées. Près de l'un de ces trous, il y avait encore des traces de sang.

— C'est là, c'est là ! dit Marc d'une voix étouffée. Regarde, Thaddeus. Ils étaient trois, mais son sang a coulé seul ; j'y étais, et je n'ai vu donner qu'un seul coup de lance... Oh ! si tu avais vu la rage des prêtres, et la fureur de la populace ! Et la douceur de son visage, sa patience, son calme inaltérable ! A la fin seulement, il a crié... Un cri déchirant, qui me retentit encore au fond du cœur. Oh ! pourquoi, pourquoi es-tu parti, Maître bien-aimé ? Pourquoi t'ai-je connu, s'il fallait te perdre sitôt et pour toujours ?

Ainsi parlait le jeune tisserand, et sa douleur était si poignante que le paralytique en oublia la sienne et se mit, par sympathie, à genoux avec lui sur la terre ensanglantée.

Ils restèrent longtemps prosternés ainsi.

Enfin, le jeune homme se redressa.

— Partons ! dit-il.

L'impotent obéit, mais avant de se relever, il étendit la main vers deux objets informes qui avaient frappé son regard.

— Je ne suis qu'un pauvre homme, dit-il, toute trouvaille est pour moi précieuse ; permets que j'examine celle-ci... Ce sont des sandales ! Oh ! bien usées, il est vrai, et les cordons en sont rompus. Ces chaussures ont été portées par un homme qui marcha beaucoup, cela ne fait nul doute ; les pierres de tous les chemins y ont laissé leur empreinte... Mais elles me vaudront mieux que rien ; et puisqu'il me faut retourner chez moi, du moins ; je n'irai pas nu-pieds.

En parlant ainsi, notre impotent chaussait les sandales qu'il avait trouvées. Marc ne l'écoutait que d'une oreille distraite, tout à sa grande douleur.

— Miracle ! miracle ! cria le paralytique, dès qu'il eut fait quelques pas. Frère, est-il bien possible ? Gloire au Seigneur ! Je suis guéri !

Il sautait, il dansait sur la route ; il avait jeté ses bâtons inutiles, et on aurait cru cet homme pris de soudaine folie.

— Comment cela s'est-il fait ? dit Marc, surpris. Puis, tout à coup, se frappant le front :

— Thaddeus, ce sont *ses* sandales ! Quand ils l'ont crucifié, les soldats se sont partagé ses habits ; mais ses pauvres sandales, ils les ont jetées comme n'ayant point de valeur… Et c'est toi qui les as trouvées… Adore-le, frère, car il n'est pas possible qu'il soit mort pour toujours, l'Homme qui vient, par sa vertu toute-puissante, d'opérer sur toi un miracle pareil !

Ils retournèrent sur leurs pas, et de nouveau se prosternèrent à l'endroit où le sang avait rougi le sol. Avec quelle reconnaissance le paralytique guéri éleva son cœur à Dieu ! Comme il l'appelait ardemment, ce Sauveur qui, absent, avait encore tant de puissance ! Puis ils se relevèrent, et se dirigèrent vers la chambre haute où les disciples étaient assemblés. A peine arrivés, ils entendirent de joyeuses paroles : « Il est ressuscité ! » disaient Céphas, et Jean, et Marie de Magdala. Et voici que tout à coup, *Il* apparut au milieu d'eux, en disant : « La paix soit avec vous. »

Puis, ses yeux se promenèrent sur l'assemblée, et semblèrent s'arrêter sur Thaddeus, qui, prosterné, éperdu de joie et de crainte, retenait son haleine :

— Comme le Père m'a envoyé, je vous envoie aussi de même… Allez, dit-il, allez par tout le monde, et prêchez l'Évangile à toute créature humaine.

— J'irai, Maître ! répondit tout bas l'heureux possesseur des sandales du Christ.

Le Ciel

Y A-T-IL UN CIEL ? Y a-t-il un lieu de bonheur idéal, d'éternelle et parfaite vertu, où s'épanouisse la plante humaine, si étiolée et souffreteuse en ce monde ?

Question importante, qu'un dédaigneux haussement d'épaules ne suffit pas à résoudre.

De tout temps elle a préoccupé l'humanité, ou plutôt de tout temps l'immense majorité des hommes l'a résolue par l'affirmative. Le ciel, c'est le premier dogme de toute religion, à l'exception peut-être du bouddhisme, qui met le bonheur dans le néant.

Oui, le ciel existe ! Si le télescope nous révèle l'infini de l'espace, la pensée nous révèle un autre domaine plus vaste encore : celui de l'esprit. A qui fera-t-on croire que le royaume de la matière est seul illimité, et qu'en dehors de cet atome que nous appelons la Terre, et de cette parenthèse qui s'appelle le temps, il n'y a plus ni vie, ni raison, ni bonheur, ni amour ?

Christophe Colomb, pressentant déjà l'existence d'un autre rivage par delà les flots de l'Atlantique, se promenait au bord de l'Océan, sur les côtes du Portugal, lorsqu'il aperçut, tournoyant sur les vagues, un vol d'oiseaux au plumage brillant, d'une espèce inconnue en Europe. Une autre fois il découvrit, échouées sur le sable, des branches d'arbre d'une essence étrangère. Le grand navigateur fut, dit-on, convaincu par ce double témoignage : « Ces oiseaux et ces arbres, pensa-t-il, viennent sûrement des pays ignorés que baigne l'Océan à son autre limite. J'irai aux lieux d'où ils viennent ! » Il s'embarqua, non sans d'immenses difficultés, et découvrit l'Amérique.

Eh bien ! debout sur le rivage du Temps, l'homme se demande : Y a-t-il une autre rive ? Le ciel existe-t-il ? Et le ciel lui répond en lui envoyant... JÉSUS !

D'où est-il venu, cet homme extraordinaire que personne jamais ne prit en flagrant délit de désobéissance aux lois de Dieu, cet homme à qui toutes les faiblesses morales, même les plus excusables, furent inconnues, cet homme dont on disait : « Nul n'a parlé comme lui » ? Il ne fut pas le produit de son temps ni de sa race — il en fut la contre-partie. Un agneau né par miracle dans une famille de loups ne serait pas plus étranger, plus mal reçu parmi eux, que le Christ parmi les siens. Tout ce qu'on cherche en Dieu, tout ce qu'on attend du ciel, tout ce qu'on espère y trouver, Jésus l'a possédé. En lui la Justice parfaite a résidé. Il a ouvert à deux battants, devant nos yeux éblouis, le Temple de l'éternelle Vérité. Il a révélé, par chaque acte de sa vie, la charité divine qui était sa raison d'être. Je ne parle ni de ses miracles ni de sa résurrection ; je ne considère pour le moment que le Christ homme, le fils du charpentier, tel qu'il nous apparaît par ses discours, les œuvres de sa vie journalière. Voilà, de l'aveu de tous, un homme sans tache. D'où est-il venu, cet Être unique, inexplicable ? Il n'y a qu'une seule réponse possible : il est venu du ciel.

« Soit, le Christ est venu du ciel, il y est remonté. Mais nous, comment y parvenir ? »

Aux yeux de beaucoup, la vie éternelle apparaît semblable à un sommet de blancheur immaculée, majestueux et inaccessible, excepté peut-être à quelques élus plus intrépides, plus vigoureux ou plus favorisés que les autres. Pour eux, ils n'entreprennent pas l'ascension, à quoi bon ? Le ciel est réservé aux parfaits ; ils ne seront jamais du nombre.

Tel est leur langage. Mais sous cet air dégagé il y a, ne vous y trompez pas, un amer désappointement. Ils ont beau prétendre y renoncer de gaieté de cœur, ils jettent souvent vers le ciel un regard furtif et désolé. De là ces retours intermittents aux pratiques religieuses ; de là ces recours *in extremis* aux prêtres et aux sacrements, dont nous sommes les témoins chaque jour.

Eh bien ! le chemin du ciel est tracé, il est facile, bien qu'étroit. Ce n'est pas celui qu'on se fait soi-même par des vertus péniblement acquises et toujours imparfaites ; ce n'est pas celui des pratiques superstitieuses et des pénitences stériles. Ce chemin se désigne par un nom, le même que celui dont nous nous servions tout à l'heure pour prouver l'existence du ciel : JÉSUS.

Car Jésus n'est pas venu sur la terre pour nous montrer en sa personne la perfection, l'idéal, le bonheur, comme un homme vaniteux et avare étalerait ses trésors sous les yeux de pauvres affamés. Il est venu mettre le ciel à notre portée, nous y conduire lui-même. Par la porte de la *repentance,* ce chemin nous est ouvert ; nous rencontrons sur le seuil la croix dressée, et le pardon de Dieu que le Christ nous a mérité et que nous recevons par la foi. Plus d'obstacles, dès lors, entre le ciel et nous ! Quelles qu'aient été nos fautes passées, quelle que soit encore notre faiblesse, la repentance envers Dieu et la foi en Jésus-Christ *nous assurent* l'entrée du ciel. Jamais, jamais un pécheur repentant et croyant ne s'est vu refuser la porte, même s'il n'a pu expier un seul crime, réparer une seule faute… N'est-ce pas à un brigand sur le point d'expirer que le Sauveur, mourant lui-même, a dit : « Je te dis en vérité que tu seras aujourd'hui avec moi dans le paradis ? »

Que sera le ciel ?

Question insoluble pour nous dans l'état actuel de notre nature. Une chenille essayerait en vain d'imaginer ce que peut être la vie du papillon.

Mais nous pouvons déjà répondre ceci : Ce qui constitue le ciel, ce n'est ni la splendeur, ni le bien-être, ni le repos. Ces choses-là deviendraient à la longue monotones, fastidieuses, et l'immortalité ne serait qu'un éternel ennui. Le ciel, c'est, sur un trône qui est aussi un autel, l'Agneau immolé, JÉSUS, s'offrant à notre amour, à notre adoration.

Le voir, lui parler et l'entendre ! L'aimer à plein cœur, le servir et lui ressembler ! Voilà, voilà le ciel !

Lecteur, cela peut commencer pour vous en cette vie. C'est ici-bas que l'Agneau divin a été immolé ; cette terre, jadis maudite, ne l'est plus depuis qu'elle a été arrosée du sang de Christ. Notre petit globe a eu l'honneur suprême, envié sans doute du soleil et des étoiles, de servir de trône à l'amour de Dieu qui s'y est déployé sous les yeux des anges et des hommes. Depuis que la croix s'est dressée au Calvaire, la terre fait partie du ciel ; elle n'est plus l'astre errant et déclassé sur lequel Dieu ne règne pas ! Nulle part, mieux qu'ici-bas, nous ne pourrons voir l'amour de Dieu pour nous ; on peut, on doit en ce monde, l'aimer, le servir et lui ressembler !

Lecteur, croyez-moi : le paradis sur terre, rêve de tous les hommes, c'est dans l'amour de Christ et le service de vos frères que vous le trouverez !

La sainte ampoule

— Monsieur, me dit le sacristain, voici la burette dans laquelle est contenue l'huile sainte, destinée au sacre des rois de France.

Je regardai l'admirable joyau. Il était en cristal, enchâssé d'or et rehaussé de pierres précieuses. Au jour blafard de la vieille sacristie, les pierres brillaient d'un vif éclat.

— Ceci a servi au sacre de S. M. le roi Charles X, reprit le bedeau, d'un ton discret et onctueux.

— Ce n'est donc pas la vraie Sainte Ampoule ? lui demandai-je.

Il me regarda, surpris de mon ignorance.

— Non, dit-il. La Sainte Ampoule a été détruite lors de la Révolution en 1793.

(Il y avait tout un poème dans la façon dont mon *cicérone* prononça le mot : révolution, contrastée avec celle dont il avait dit : Sa Majesté Charles X.)

Mais, ajouta-t-il, regardez ce morceau de verre enchâssé dans l'or de la fiole. C'est un fragment de l'ancienne ampoule. L'un des prêtres de la cathédrale, présent au moment de la destruction des objets sacrés, recueillit pieusement ce tesson, et c'est tout ce qu'on a pu conserver de la fiole miraculeuse apportée du ciel à l'évêque saint Rémi pour le sacre du roi Clovis.

Je n'avais rien à répondre. Comment nier, devant une preuve aussi palpable, que la fiole fût vraiment descendue du ciel, dans le bec d'une colombe ! D'ailleurs, mon suisse avait l'air ferré sur l'histoire et la légende ; et je n'aurais pas voulu scandaliser ces murs vénérables par des doutes hérétiques. Je me tus donc et je sortis de la sacristie.

Le bedeau — un type remarquable et de plus en plus rare — ferma la porte et retourna à son commerce de cierges. Je vois encore sa longue redingote noire, véritable robe courte, ses cheveux longs et plats, sa face glabre et son air confit. Il était bien le sacristain que l'on aime à rêver pour une cathédrale gothique, catholique et monarchique comme celle de Reims.

En sortant de la sacristie, je réfléchissais à ce que j'avais vu, dans le trésor de la cathédrale. Mais les saints ciboires, les crosses et les mitres me laissaient froid ; je n'avais dans l'esprit que ce morceau de verre, relique de tant de siècles.

— Elle est brisée, me disais-je, et il n'en reste plus que ce fragment. Dieu a fait un miracle pour l'envoyer au premier roi de France ; mais il n'a pu en faire un second pour empêcher de tomber la tête sacrée du dernier roi, sur qui cette huile avait été répandue. L'huile elle-même a été profanée, l'huile sainte venue du ciel ! Et c'est, hélas ! avec de l'huile terrestre que ce revenant, Charles X, a été sacré… Rien d'étonnant qu'il soit mort en exil : il n'était pas le roi légitime, il ne peut plus y en avoir.

Plus d'huile, plus de couronne, c'est logique. On ne rebâtit pas un monde écroulé sur un simple morceau de verre. — Est-il possible que les prélats qui se sont succédé sur le siège de Reims n'aient pas vu combien il était dangereux pour leur cause d'exhiber ce verre cassé ? Ils ont eu beau l'enchâsser dans l'or d'une burette neuve. Le vieux tesson leur crie : « C'est fini ! Le beau temps de la Sainte Ampoule, du trône et de l'autel, ne reviendra plus ! »

Et en marchant à travers les nefs majestueuses, j'entendais, tout là-bas, au fond du chœur, le nasillement d'un chantre solitaire, auquel répondait seul le pauvre sacristain… Mais les saints flamboyants des vitraux, et les patriarches jaunes et verts des vieilles tapisseries semblaient, eux, répondre à ma pensée : « C'est fini, c'est fini, le beau temps ne reviendra plus ! »

Une fois hors de l'église, je continuai à rêver. Je la voyais toujours, la noble cathédrale, et je me la représentais remplie d'une foule immense, accourue de tous les coins de la ville. Je voyais, à la place de l'autel, une tribune, et au lieu du nasillement des chantres, j'entendais, sous les voûtes sonores, retentir la Parole de Dieu. Plus de latin, plus de prières inintelligibles ! Plus de superstitions que le peuple ne croit plus, et qui le dispensent de croire à la vérité ! Dieu lui-même parlait dans la cathédrale ; aussi le peuple était-il accouru en foule. Toutes les nefs, toutes les galeries, tous les coins de l'édifice étaient bondés. Il y avait des riches, mais il y avait des pauvres en plus grand nombre ; et voici ce que je voyais encore :

Sur l'immense assemblée planait l'Esprit de Dieu. — Tous les cœurs étaient touchés, tous les yeux étaient pleins de larmes ; ceux qui écoutaient, celui qui lisait, étaient sous la même influence. On entendait ici et là ce cri : « O Dieu, sois apaisé envers moi qui suis pécheur ! » et cette question : « Hommes frères, que ferons-nous ? »

Jamais la pompe d'autrefois, les archevêques, les rois et les reines, les couronnes, les joyaux, les ostensoirs d'or massif, jamais la Sainte Ampoule elle-même, n'avaient produit sur le peuple assemblé dans la cathédrale un effet semblable à celui que produisait ce livre sous l'influence de l'Esprit-Saint.

Le lecteur disait ces paroles :

« Vous êtes la race élue, vous êtes PRÊTRES ET ROIS, la nation sainte, le peuple acquis, afin que vous annonciez les vertus de Celui qui vous a appelés des ténèbres à sa merveilleuse lumière. »

Et soudain, le vieil édifice trembla, et ceux qui étaient prosternés se levèrent et entonnèrent ce chant de joie :

« A celui qui nous a aimés, et nous a lavés de nos péchés par son sang, et nous a faits ROIS ET PRÊTRES de Dieu Son Père, à lui soient la gloire et la force aux siècles des siècles. *Amen !* »

Hélas ! J'avais rêvé ces grandes choses. Elles ne sont pas encore arrivées. Bien qu'aujourd'hui le peuple soit roi pour la terre, il n'a pas encore accepté la royauté du ciel. On ne voit pas, de nos jours et dans notre pays, de pareilles assemblées dans les cathédrales.

Cependant, nous avons déjà vu des assemblées moins nombreuses, mais sur lesquelles planait l'Esprit de Dieu. Nous avons déjà vu des pauvres, et en grand nombre, sacrés rois et sacrificateurs et devenus les héritiers de la vie éternelle.

Lecteur, avez-vous été sacré de cette manière ? Avez-vous reçu du ciel l'huile sainte qu'aucune révolution ne peut ravir à qui la possède ? Etes-vous roi de droit divin, par la grâce de Jésus-Christ ?

Vous pouvez l'être aujourd'hui même si vous voulez, vous aussi, « adorer ce que vous avez brûlé, brûler ce que vous avez adoré. » Il n'est pas besoin d'un archevêque, pas même d'un prêtre, pour vous consacrer. Il n'est pas besoin que ce soit dans une cathédrale, ni que l'huile sainte soit tirée d'une fiole d'or. Dans le secret de votre chambre, Christ, le grand prêtre des âmes, répondra à votre appel. Et de sa main percée, il touchera votre cœur ; il dira : « Je te pardonne et je te donne mon Esprit. » Dès ce moment, vous serez comme Lui, fils de Dieu, et comme Lui, un jour, vous régnerez sur le monde.

Le temple

Un roi de Perse, désireux de montrer sa piété aux âges futurs, fit appeler les plus célèbres architectes de son temps et leur ordonna de construire, chacun suivant son génie, un temple au soleil. Il leur donna un crédit illimité, et leur laissa la plus grande liberté dans le choix des matériaux et l'ordonnance de chaque édifice, promettant une récompense magnifique à celui qui aurait construit le plus beau temple de tous.

Après plusieurs années, chaque architecte eut terminé son chef-d'œuvre, et le roi fut invité à prononcer son jugement.

Le premier temple était de marbre et de granit; d'une architecture grandiose, il était orné de sculptures admirables. Le roi fut enchanté et loua fort le constructeur.

Le second temple était fait de métal poli; il étincelait sous les feux ardents du soleil, et le roi, ébloui, déclara que cet édifice était digne du dieu, puisqu'il le reflétait si bien.

Le troisième architecte conduisit le roi vers une construction très singulière. Elle était toute de verre absolument transparent ; on n'avait mis que juste assez de bois pour soutenir la structure. Point de statues, point de détails recherchés et somptueux. « Voici, ô roi, dit l'architecte, voici le vrai temple du soleil ! Il n'est pas fait pour la gloire de l'homme, mais pour être inondé par les rayons mêmes de l'astre que tu adores ! Le soleil brille sur les autres édifices, mais il ne peut y entrer : ici, tu ne trouveras pas un coin ténébreux, pas une chambre qui ne soit entièrement livrée au soleil, pas un pouce carré qui ne lui appartienne !

— Heureux architecte ! dit le roi. C'est toi qui as construit le vrai temple, et c'est toi qui recevras la récompense promise. »

Nous sommes chargés, ici bas, chacun pour notre propre compte, de construire un temple.

Chaque homme est l'architecte de sa propre vie ; et l'objet suprême de notre vie, c'est de glorifier Celui qui nous l'a donnée : que faisons-nous pour glorifier Dieu ?

Il ne demande pas des œuvres merveilleuses, des dons opulents, des prières éloquentes, une religion pompeuse.

Il ne se contente pas d'un éclat extérieur, d'une vertu apparente, d'une piété de surface.

Que veut-il ?

Il veut des êtres qui lui appartiennent tout entiers : corps, âme, esprit. Le plus beau, le seul temple de Dieu sur la terre, c'est la vie, si humble qu'elle soit, qui lui est absolument consacrée ; une vie où tout est transparent, sincère, vrai, une vie semblable à celle de Jésus, qui fut « l'habitation de Dieu parmi les hommes ».

Arrière la fausseté, l'hypocrisie, le formalisme ! Plus de recoins ténébreux au fond de notre cœur ! Livrons-nous tout entiers à la divine lumière, et jusque dans nos plus secrètes pensées, soyons animés par l'Esprit d'humilité, d'obéissance et d'amour.

La grève

I

La grève que nous allons raconter eut pour théâtre le plus beau pays du monde. L'usine, admirablement bâtie, n'ôtait rien au paysage de son aspect pittoresque.

Le fondateur et le propriétaire de l'usine en était aussi l'architecte. C'est lui qui avait conçu et exécuté tous les plans ; il avait donné tous ses soins, à construire, pour ses ouvriers, de confortables maisons. Il était en même temps l'ingénieur en chef de la manufacture ; lui seul connaissait tous les rouages et leur ensemble ; lui seul savait la série de tous les procédés par lesquels passait la matière première pour se transformer en de merveilleux produits.

Les ouvriers avaient chacun leur tâche. Le maître, soucieux de leur vie, s'était appliqué à donner à chacun le rôle qui convenait à ses forces et à ses aptitudes. Hommes, femmes, enfants, chacun trouvait de l'ouvrage à la manufacture : un ouvrage facile, fait pour lui, qui ne causait de fatigue que ce qu'il en fallait pour que le repos fût agréable. Aussi le travail, pour tous ces gens, était-il une condition de leur bien-être. L'usine était faite pour eux, et eux semblaient faits pour l'usine.

Sur la question de salaire, nulle difficulté. Jamais on ne connut de patron aussi généreux. Il avait écrit, à l'entrée du village, ces mots : « La pauvreté est interdite ; » et comme corollaire : « Demandez et vous recevrez. »

Longtemps avant qu'il en fût question dans les livres, ce maître avait mis en pratique le système de la participation des ouvriers aux bénéfices. Il leur disait : « Je ne suis pas votre maître, mais votre père ; vous êtes mes associés, mes amis, mes enfants. Tous nos gains sont communs entre nous ; à vous le bénéfice, à moi la joie de vous savoir heureux. »

Il leur disait encore : « J'ai d'autres entreprises ailleurs. Travaillez, apprenez, croissez en habileté, et je vous ferai voir de plus grandes choses. Le moindre ouvrier parmi vous deviendra chef d'usine ; une fortune immense vous attend. »

Ainsi parlait ce maître exceptionnel, et tous ses ouvriers l'aimaient. Chaque jour il venait les visiter ; quand il approchait, de son pas tranquille, chacun dans l'atelier s'appliquait à l'ouvrage ; sa présence était la vie de la manufacture.

II

Mais, un jour, un compagnon vint d'un pays lointain s'enrôler parmi les ouvriers. Il était habile, beau parleur, bon vivant. Il avait beaucoup d'esprit et de malice, et comme il avait voyagé il prit bientôt de l'ascendant sur tous ses camarades.

Il prétendait connaître les autres usines dont le maître avait parlé. Et comme il entendait ces gens s'entretenir avec enthousiasme de leur patron, de leur bonheur présent et des espérances qu'ils avaient pour l'avenir :

« Bonnes gens, leur dit-il, vous êtes bien naïfs ! Vous croyez tout ce que vous raconte le maître. Il vous dit que tous les bénéfices vous appartiennent, qu'il vous aime, qu'il est votre père, un tas de fadaises… Ne voyez-vous pas que c'est pour vous tenir sous sa main ? Vous a-t-il jamais montré ses comptes, savez-vous seulement le chiffre exact de ses profits ? Quelle différence entre vous et lui ! Il habite un palais inaccessible et vous de pauvres cabanes ; vous faites des gros ouvrages, lui se tient dans son cabinet… Et quant à ses autres entreprises, je les connais, moi, puisque j'en viens, et je vous assure que tout ne s'y passe pas comme ici. Moi et pas mal d'autres camarades, nous nous sommes révoltés contre sa tyrannie ; c'est même pour ça que je suis ici. Allez, allez ! Souvenez-vous que le patron est votre ennemi naturel. Qu'avez-vous besoin de lui ? Soyez vos propres maîtres, faites vos propres affaires et mettez-moi à la porte cet homme qui vient se promener ici tous les jours, les mains derrière le dos, tandis que vous travaillez pour lui. »

Ce discours révolta d'abord ceux qui l'entendirent ; mais l'étranger parlait bien, il était insinuant ; à l'un il prouva clair comme le jour que le patron aurait dû depuis longtemps le nommer contremaître ; à l'autre, que sa place était dans l'atelier supérieur et non dans celui-ci.

— Mais lui seul a le secret de la fabrication objectèrent quelques ouvriers avisés.

— Le secret ! répondit le compagnon ; il n'y en a point. C'est encore un moyen de vous garder sous sa coupe. Chassez-le, et vous serez comme lui, connaissant aussi bien que lui toutes choses.

III

Hélas ! les pauvres gens finirent par le croire ; un matin, le maître se présenta et trouva la porte de l'usine fermée. On l'avait chassé de sa propre maison ! Il se retira désolé, non pour lui, mais pour ces misérables, et retourna aux autres entreprises, cent fois plus considérables, qui réclamaient tous ses soins, livrant les révoltés à eux-mêmes dans l'espoir qu'ils lui reviendraient un jour.

Naturellement, le compagnon beau parleur prit aussitôt la direction des affaires. Mais, dès le premier jour, la grève devint forcée, car personne ne pouvait remplacer le maître absent. Il y avait, quoi qu'en eût dit le compagnon, un secret que personne ne pouvait découvrir !… La grande roue s'arrêta, un morne silence pesa sur l'usine. En revanche, les cabarets jusqu'ici inconnus, s'établirent sur tous les carrefours. — Plus de maître ! avaient, les premières, crié les femmes, car les femmes sont crédules, et le nouveau venu les avait facilement gagnées. Mais elles trouvaient maintenant en leurs maris des êtres implacables, que le vin et la misère abrutissaient tous les jours davantage. Les hommes avaient perdu toute dignité. Peu à peu, l'étranger était devenu leur despote ; il grandissait en insolence à mesure que leur pécule diminuait, car il tirait d'une source inconnue de l'argent pour les faire boire, pour entretenir leur paresse et leur orgueil ; mais ils avaient à peine de quoi manger et ils seraient tous morts de faim, si l'ancien maître n'avait, dans sa pitié, laissé ses greniers ouverts.

Chose étrange ! Plus la situation empirait, plus augmentait la haine de ces gens contre leur bienfaiteur. Peu à peu, dans leur cerveau engourdi, se forma une notion monstrueuse : si l'usine ne marchait plus, s'ils étaient tous malheureux, c'est lui, le maître, qui en était la cause ! Il leur avait fait des conditions trop dures, il leur avait imposé des lois draconiennes, en un mot, il les avait chassés !

Quelques-uns cependant, pensaient différemment, mais tout bas. En songeant au vieux temps, à l'époque où montait au ciel la fumée joyeuse de l'usine, où chacun avait sa maison, chacun sa part de bénéfice, ils pleuraient. Et quand ils voyaient, devant leur porte délabrée, passer, l'air arrogant, le conseiller funeste de la grève, leurs yeux lançaient des éclairs. Ils se disaient entre eux :

« Voilà, voilà l'auteur de notre misère ! »

IV

Quelque temps après, quelqu'un parut dans le village, qu'on n'avait jamais vu auparavant. On croyait qu'il n'était que de passage, mais chacun fut surpris de le voir s'y établir. Que venait-il faire dans ce pays désolé ?

Il allait chaque jour de porte en porte, distribuant des secours aux plus nécessiteux, rappelant à la raison ceux qui s'enivraient, consolant ceux qui pleuraient, disant à tous : « Quand vous le voudrez, l'usine se rouvrira. »

Bientôt le meneur de la grève apprit son arrivée. Il comprit que cet homme allait ruiner son influence, et, avant même de l'avoir vu, il monta une cabale contre lui :

« Méfiez-vous, c'est un émissaire de votre ancien tyran ! Il veut vous remettre sous le joug. Tenez ferme ! »

Et comme jadis il les avait séduits en faisant sonner en eux la corde des grandes ambitions, cette fois il toucha la corde des passions basses :

« Si vous revenez à l'ancien maître, plus de cabarets, plus de plaisirs ! »

Une fois, les deux champions, — celui de la révolte et celui de la paix — se rencontrèrent : « Oui, cria le dernier, je suis venu pour vous rendre la vie ! Vous avez travaillé contre vous-mêmes, je viens travailler pour vous. Je suis envoyé pour vous proposer la fin de la grève, l'oubli du passé, le retour à votre association avec celui qui fut un père pour vous. Venez ! réparons ensemble l'usine à moitié démolie, remettons-nous à l'ouvrage et que ce pays retrouve le bonheur ! Il est vrai que vous ne savez plus travailler, vos mains tremblent, vos cerveaux sont obscurcis. Qu'importe ! le maître vous recevra tous. Vous ferez un nouvel apprentissage. »

Comme ces paroles faisaient impression sur quelques-uns, le chef de la grève parcourut les groupes, disant :

— Ne vous laissez pas séduire c'est le propre fils du tyran qui est venu à vous ! Vous voyez bien que vous lui rapportiez de gros bénéfices, puisqu'il envoie son héritier pour essayer de vous ramener ! Prouvez-lui que vous n'êtes pas des enfants, ni des esclaves ! Frappez à mort cet intrus.

— A mort, à mort ! cria la foule obéissante. Et leur fureur était si grande, que les quelques partisans du Fils s'enfuirent effrayés.

Alors il resta seul et sans défense, et tous ces gens, devenus fous, lui firent tout ce qu'ils voulurent. Il ne se défendit pas. Ils le traînèrent non loin de l'usine, l'accablèrent de coups et le laissèrent pour mort sur la place.

Cependant il n'était pas mort.

Le surlendemain du jour où s'était passée cette scène terrible, le Fils se releva. C'était le matin, la nature rayonnait, les oiseaux prêtaient leur voix au silence pour chanter l'aube du jour. Calme, comme si rien ne s'était passé, il entra dans la maison abandonnée, il arracha l'herbe qui croissait sur le seuil, il répara toutes choses. Les ouvriers se crurent les jouets d'un rêve, quand ils virent de loin l'usine s'éveiller. Et ceux qui avaient, tout bas, pleuré les temps d'autrefois s'approchèrent, plus nombreux, plus courageux que les jours précédents. Ils virent le Fils qui leur souriait près de la porte ouverte et leur disait : « Venez et soyez avec moi les ouvriers de mon Père ! »

Alors ils se remirent à l'ouvrage. Et depuis ce jour, le nombre des grévistes diminue, l'usine prospère et les travailleurs sont plus heureux que jamais.

On l'a compris, ceci n'est qu'une allégorie.

L'usine, c'est le monde où nous sommes, si beau, si bien agencé, si bien fait pour le bonheur de ses habitants, et qui n'est pourtant que l'une des demeures de Dieu, et sans doute l'une des moindres.

Les ouvriers, c'est l'humanité ; le maître, l'architecte, l'ingénieur en chef, le Père, — c'est Dieu.

De même que ce patron avait tout fait pour le bien-être des travailleurs, partageant avec eux le bénéfice et leur donnant à chacun une tâche proportionnée à ses forces, Dieu a tout fait pour notre bonheur, mesurant à chacun son devoir selon ses facultés, se faisant lui-même notre collaborateur.

Le compagnon étranger qui prêche la grève, c'est l'esprit du mal, le prince des ténèbres, l'être immonde qui soulève en nous les mauvaises passions, nous tente, nous séduit, nous entraîne loin de Dieu, loin du devoir et du bonheur.

Le Fils qui est venu réconcilier les ouvriers rebelles avec son Père, c'est notre Seigneur Jésus-Christ. Il s'est fait pauvre, il a pris la forme d'un serviteur ; il a passé en faisant le bien et, tout en guérissant les malades, il promettait à tous la vie éternelle, c'est-à-dire le pardon de Dieu.

L'Évangile nous raconte comment le Christ fut mis à mort, comment il ressuscita le troisième jour, et comment, peu de temps après, un grand nombre de gens de toutes classes et de tous pays, saisis de repentance, crurent en lui, se mirent à l'œuvre, devinrent les ouvriers joyeux du Père céleste.

Lecteurs, ne voulez-vous pas être du nombre ?

Il y a des grèves qui peuvent être légitimes ; ce sont celles entreprises contre des maîtres injustes et égoïstes ; celles qui ont pour but un accroissement nécessaire de bien-être.

Mais la grève contre Dieu n'est ni légitime ni sage.

Elle n'est pas légitime, car Dieu ne nous a jamais maltraités. Tous les maux dont nous souffrons viennent de nous-mêmes ou des autres hommes.

Elle n'est pas sage, car c'est nous seuls qui sommes atteints par notre révolte. Le Créateur peut se passer de sa créature, mais la créature ne saurait vivre heureuse loin de son Créateur.

Laissez-vous donc convaincre et ramener par Jésus-Christ ! Il a expié, par sa mort, votre rébellion passée ; il suffit, lecteur, pour que vous soyez heureux à jamais, que vous consentiez à dire à Dieu :

« Me voici ! J'ai longtemps été rebelle, et je ne suis plus bon à te servir. Mais puisque tu veux de moi, anime-moi de ton Esprit, remplis-moi de ta force ! Me voici, ô Père, pour faire ta volonté. »

La montagne d'argent

Il existe, au sud-est de l'Afrique, dans la région du Zambèze, un volcan éteint d'une très grande hauteur : le *Kilima-Ndjaro*[a], la montagne la plus élevée du continent noir. Ses deux cimes jumelles, pareilles à deux cornes d'argent, s'élèvent à 6000 mètres, soit environ 1200 mètres plus haut que le Mont-Blanc.

Malgré la latitude tropicale du pays où il est situé, le Kilima-Ndjaro est couvert de neiges éternelles ; et le contraste est grand, pour le voyageur européen, entre les solitudes brûlantes dans lesquelles il se promène, et ces sommets inaccessibles dont la blancheur éclatante lui rappelle les hivers de son pays natal.

Mais pour les indigènes, cette neige fut, jusqu'à ces derniers temps, un grand mystère. Jamais aucun d'eux ne l'avait vue de près ; ceux qui s'étaient aventurés isolément sur les pentes escarpées de la montagne n'étaient pas revenus. Et l'imagination superstitieuse des

---

a. Le Kilimandjaro : à l'époque de Saillens on employait encore l'orthographe en deux mots, transcription du swahili, qui signifie *Montagne de la splendeur*. (ThéoTEX)

autochtones faisait de ce mont le trône mystérieux des puissances invisibles. Ils l'appelaient la *Maison de Dieu,* quand le soleil, se couchant dans sa gloire, jetait sa pourpre sur la neige ; ou bien la *Montagne du diable,* quand les nuages crevaient sur ses sommets, et qu'on entendait le tonnerre rouler d'échos en échos au fond de ses gorges sauvages.

Mais la neige, qu'était-elle ? Les pauvres gens étaient à cent lieues de croire que ce ne fût que de l'eau glacée ; ce phénomène leur étant inconnu, ils auraient traité de fou quiconque leur aurait donné cette explication. Ils croyaient généralement que la montagne était couverte d'argent.

Un jour, l'amour du précieux métal (c'est souvent par ce goût-là que la civilisation commence) l'emporta sur la crainte des génies de la montagne. Une grande expédition fut décidée. La troupe partit, nombreuse, et bien munie de sacs et de corbeilles. L'ascension dura plusieurs jours. Un bon nombre, lassés, peureux, s'en retournèrent ; d'autres disparurent dans les ravins et ne revinrent pas. Mais on n'y prenait garde : l'argent était plus haut !

Lorsque, enfin, épuisés et les pieds meurtris, les plus robustes arrivèrent, grelottant sous le vent froid des hauteurs, à la frange du manteau de neige, on devine avec quelle ardeur ils se précipitèrent sur le vaste trésor étalé sous leurs yeux. Un moment tout fut oublié ; les ascensionnistes se virent, par la grâce de cet argent, en possession d'assez d'eau-de-vie, d'armes à feu et de colliers de verroterie pour être à jamais heureux comme des rois. Hélas ! la déception fut cruelle. A peine eurent-ils pris dans leurs mains fiévreuses un peu de cette neige glacée qu'elle s'y fondit. Chacun fit la triste expérience, et n'en voulait pas croire ses yeux. Ils s'en revinrent lentement, la tête basse et le sac vide, murmurant à demi voix des imprécations contre les esprits malfaisants qui, jaloux de leurs trésors, avaient changé l'argent en eau glacée.

Et vous, lecteur, êtes-vous plus sage que ces Africains ?

Devant vous aussi se dresse une trompeuse montagne, que d'autres ont essayé de gravir avant vous, mais qui garde le secret de leur fin misérable. C'est la montagne de la Fortune.

Il est dur, je le sais, de vivre dans la pauvreté, peut-être dans le dénuement, et de voir, tout là-haut, au sommet de ce qu'on est convenu d'appeler l'échelle sociale, rayonner le bien-être, l'opulence, le luxe. « N'y aura-t-il pas une parcelle de ces trésors pour moi ? » se dit-on avec amertume. Et l'on essaie à son tour l'ascension périlleuse. On part plein de courage, d'énergie, d'espérance. Que de temps on est en route ! que de souffrances, que de périls ! Beaucoup succombent avant d'arriver... Et lorsque enfin on est parvenu au but désiré, lorsque, parfois au prix de son honneur et de sa conscience, on a mis la main sur la fortune, la voici qui s'écoule et se fond dans les doigts.

Ou si l'on parvient à la retenir, cette richesse ardemment convoitée, comme elle glace le cœur, comme elle le rétrécit ! Et, d'ailleurs, ne faut-il pas la perdre un moment ou l'autre, en quittant la vie ?

« Que servirait-il à un homme de gagner le monde entier, s'il perd sa vie ? » Ainsi parle Jésus-Christ, et il se fait l'écho de la douloureuse et universelle expérience des hommes. A quoi bon travailler et se jeter à corps perdu dans le tourbillon des affaires, escalader pour retomber et escalader encore ? A quoi bon tous ces efforts qui ne font qu'user la vie sans la rendre plus heureuse ? Ne serait-il pas plus sage de vivre à la façon des fakirs, de se condamner à l'immobilité, à l'inconscience, en un mot de se plonger d'avance dans le néant?

Non! La vraie sagesse n'est pas plus dans l'immobilité que dans la fièvre. Si la Fortune est chimérique, le Néant l'est aussi.

Je sais une montagne d'un si facile accès qu'un enfant peut la gravir, et le vieillard aux jambes débiles, et même le mourant; elle fut pourtant redoutable à son premier explorateur, qui tomba plusieurs fois sur la route, et mourut à son sommet. Sur cette montagne brille une neige immaculée, et qu'aucune ardeur ne peut fondre: tout homme peut s'y tailler un manteau d'immortelle blancheur. Et cette neige précieuse est un trésor, un vrai trésor qu'aucun voleur ne peut dérober, dont on peut faire provision sans crainte de l'épuiser, et cette neige, pour être abondante, n'en a pas moins une valeur infinie. En voulez-vous savoir le nom? C'est la grâce de Dieu, et cette montagne, c'est le Calvaire, où mourut sur la croix le Seigneur Jésus-Christ.

L'homme, venu de Dieu, a des besoins que Dieu seul peut satisfaire. Il a faim et soif de justice, de vérité, d'amour. Toutes ces choses, qu'il avait autrefois et qu'il a perdues, il les cherche, et c'est pour cela qu'il erre, mécontent, inquiet, tourmenté; c'est pour cela qu'on le voit se jeter sur tout ce qui brille: le plaisir, la gloire, la fortune. Dans son ignorance, il prend, lui aussi, la neige pour de l'argent!

Pauvre égaré, regarde! Voici la montagne sainte. Là, sur cette cime, est le trésor que tu cherches: la mort du Christ te rendra plus blanc que neige, il t'a mérité le *pardon de Dieu!*

Comment s'approche-t-on du Calvaire? Comment peut-on y monter, s'emparer du bien suprême? **PAR LA FOI.**

L'enfant peut croire, et le vieillard, et le mourant, aussi bien que l'homme dans la force de l'âge. Croire à l'amour du Dieu qui se donne à nous, croire que cette mort réelle, poignante, tragique, rend la nôtre douce et facile; croire que Dieu a vu, dans son Fils unique, tous ses fils révoltés, les a châtiés en sa personne, et dans sa personne les a reçus en grâce, ressuscités, réhabilités! Lecteur! Dieu vous aime! croyez-le, et abandonnez la poursuite des biens périssables pour chercher avant tout, dans la prière, la repentance et la foi, LE PARDON DE DIEU.

Tuer le temps

Un homme possédait, pour toute fortune, un esclave que son père lui avait laissé, et qui était doué de talents merveilleux. Il pouvait tout faire : il était, au gré de son maître, cuisinier, jardinier, mécanicien, ingénieur, savant… et même poète. Il suffisait qu'on donnât un ordre à cet étonnant maître Jacques pour qu'il l'exécutât.

A une condition cependant : il fallait travailler avec lui. Seul, il ne savait ou ne voulait rien faire.

Mais une fois la tâche commencée, il l'achevait.

« Voilà, direz-vous, un esclave extraordinaire. Heureux l'homme qui l'avait à son service ! »

Eh bien, savez-vous quelle était la préoccupation constante, l'idée fixe de cet homme ? Je vous le donne en cent et en mille…

Ce maître, plus étonnant encore que son serviteur, n'avait au monde qu'un désir, qu'une pensée : *le tuer !*

Dès le grand matin il se disait, en étendant les bras : « Comment ferai-je pour *le tuer* aujourd'hui ? » Et toute la journée il poursuivait son idée fixe, guettant son domestique pour l'étrangler au passage. Mais le vieux malin ne se laissait pas prendre aisément.

Quelquefois, maître et serviteur s'en allaient ensemble, bras dessus, bras dessous, rouler tous les cabarets du voisinage. L'homme espérait noyer son esclave dans le vin : peine perdue ! quand ils s'en revenaient, c'est le maître qui ne tenait pas debout ; l'autre était aussi solide que jamais.

Cela ne pouvait durer longtemps ainsi : un jour le maître fut trouvé mort dans son lit. L'esclave, poussé à bout, l'avait tué.

Voila, n'est-ce pas, une histoire très invraisemblable ? Elle est vraie, pourtant.

Ce maître, c'est vous.

Cet esclave, c'est le Temps.

Si pauvre que vous soyez, vous avez *le Temps.* Vous l'avez comme les autres hommes, et M. de Rothschild lui-même n'a pas devant lui plus de temps que vous : pour vous comme pour lui les jours sont de 24 heures et les années de 365 jours.

Un jeune homme pauvre est plus riche qu'un riche vieillard, car le temps est plus que l'argent : avec le premier on peut acquérir le second, mais le second ne peut jamais acquérir le premier.

Avec le temps, d'un grain de blé on fait sortir un épi, et d'un épi une moisson.

Avec le temps, un sou devient une fortune.

Avec le temps, on perce les montagnes, on comble les vallées, on bâtit des villes, on conquiert le monde!

Et c'est lui que vous voulez tuer, ce serviteur qui ne demande qu'à travailler pour vous, et qui, si vous saviez l'employer, vous enrichirait?

Mais c'est surtout à préparer l'éternité que le temps nous est utile : il ne nous est donné que pour cela. Prenez-y garde, lecteur! Tuer le temps, c'est perdre l'éternité!

Puisqu'une nouvelle année nous est donnée, prenons la résolution de la mettre à profit. *Travaillons!* travaillons pour *ce qui ne périt pas!* travaillons à notre *salut* et à celui de nos semblables!

Surtout n'espérons pas que le temps travaillera sans nous. Ne comptons pas sur lui, car à lui seul, il est incapable de rien faire. Le temps n'a jamais *créé* un grain de blé, il n'a jamais *créé* un sou, ni quoi que ce soit. Pour avoir une moisson, il faut avoir une semence que le temps fera mûrir; pour avoir une fortune, il faut en avoir le premier sou que le temps multipliera.

Pour avoir la vie éternelle, il faut avoir la grâce de Dieu, le germe que met en nous la foi en Jésus-Christ. Cela, c'est l'affaire d'une seconde. Dieu donne la vie éternelle *Maintenant*. Avant que vous ayez fini de lire cette ligne, vous pouvez la recevoir!

Mais, quand vous aurez reçu ce don, vous verrez comme, avec le temps, il grandira, il se fortifiera, il deviendra parfait en vous! Et tandis que le temps détruit tout ce qu'il édifie, ce don-là restera pour jamais à l'abri de ses atteintes, car la foi en Jésus-Christ nous élève, dès ce monde, hors du temps, elle nous fait vivre, par avance, dans l'immortalité.

L'Age d'or

(A propos d'un discours de Louise Michel.)

« Un jour viendra, j'en suis certaine, où le genre humain ne formera qu'une seule famille. Plus de frontières, plus d'armées, plus de police, plus de gouvernement, plus de prisons. Tous les hommes s'aimeront entre eux; il ne sera plus besoin de lois pour les retenir dans le devoir. Leurs facultés s'épanouiront à l'aise au grand soleil de la liberté. Chacun sera artiste, ou poète, ou penseur; le cerveau du travailleur, irradié des clartés sublimes que quelques-uns seulement contemplent aujourd'hui, s'élèvera sans effort aux plus hautes conceptions. Oui, ce jour viendra, il approche; vos petits-enfants le verront. »

Qui parle ainsi? — Devinez. — Un prédicateur de l'Évangile? — Vous n'y êtes pas. Ceci est un discours, reproduit aussi exactement que possible, de la citoyenne Louise Michel devant un auditoire anarchiste.

En l'entendant nous nous disions : Comment se fait-il que les anarchistes soient si opposés à la religion du Christ ? Leur programme est emprunté à l'Évangile ; il n'y a pas un mot dans ce discours que nous ne puissions prendre à notre compte. Ce que Louise Michel appelle « l'avènement du genre humain », nous l'appelons « le règne de Dieu ». Plus de frontières, plus d'armées, plus de misères, plus de crimes… Mais, citoyenne, c'est l'âge d'or, c'est le paradis sur terre que vous nous promettez ! Le paradis, auquel le peuple prétend qu'il ne croit plus, et dont il applaudit la description quand elle tombe de vos lèvres !

Car tout cela, et bien plus encore, le Christ, longtemps avant vous, l'a promis. Un apôtre a dit : « Nous attendons, *selon sa promesse*, de nouveaux cieux et une nouvelle terre où la justice habite. » Et Jésus lui-même disait : « Le règne de Dieu est proche, le règne de Dieu est au milieu de vous. » Il a proclamé le bonheur prochain pour ceux qui pleurent, pour ceux qui souffrent, pour les petits et les déshérités qui croiraient en lui. Il a prédit qu'il n'y aurait un jour « qu'un seul troupeau et qu'un seul berger. Ils n'auront plus faim, ils n'auront plus soif, dit-il encore en parlant des temps à venir, le soleil ne frappera plus sur eux, ni aucune chaleur, car l'agneau les conduira, et il essuiera toutes larmes de leurs yeux. Le loup paîtra avec l'agneau, le désert fleurira comme la rose ; » ce sera l'ère de la prospérité, du bonheur universel. Voilà, en substance, l'Évangile, la bonne nouvelle que le Christ a proclamée. Lui aussi a promis l'âge d'or.

Le programme anarchiste, si beau qu'il soit, n'est pas aussi complet que celui de Jésus-Christ. D'ailleurs, Louise Michel et les autres orateurs révolutionnaires pourraient-ils parler de liberté, de fraternité, de paix et de bonheur, si ce langage ne leur avait été enseigné par l'Évangile même ?

Ce discours m'a appris deux choses : La première, c'est que les matérialistes, les incrédules les plus endurcis, ne peuvent se passer d'une religion, d'une foi, d'une espérance, d'un idéal. La seconde, c'est que cette religion nouvelle n'est, en somme, qu'une contrefaçon de l'ancienne.

En effet, les révolutionnaires modernes et les disciples du Christ sont d'accord sur trois points importants :

1° Les uns et les autres reconnaissent que les choses ne vont pas comme elles devraient aller. L'ignorance, la misère et le crime font des ravages inouïs. Les progrès de la science et de l'industrie n'empêchent pas le mal, et l'aggravent parfois.

2° Les uns et les autres reconnaissent que cet état de choses n'est pas normal. Il ne doit pas durer. Ils ont foi dans un avenir heureux, ils croient à l'âge d'or ; un monde nouveau surgira des ruines de l'ancien.

3° Les uns et les autres s'accordent à penser que, pour arriver à ce beau résultat, une révolution radicale est nécessaire, révolution qui demande un sacrifice immense, révolution qui ne peut s'accomplir sans effusion de sang.

Il semble que, puisqu'ils ont en commun de pareilles doctrines, les chrétiens et les révolutionnaires n'ont plus qu'à se donner la main. Et cependant ils sont loin de s'entendre, car ils sont divisés sur deux points capitaux :

— Ils ne sont pas d'accord sur *la cause du mal*;
— Ils ne sont pas d'accord sur *les moyens de le guérir*.

Ecoutons ce que les deux partis ont à nous dire.

Les anarchistes disent : La cause du mal, c'est la société. L'homme est bon naturellement; livré à lui-même il ne ferait que le bien; c'est la tyrannie qui le rend mauvais. Ce sont les gouvernements qui causent les maux des peuples. *S'il n'y avait point de gendarmes, il n'y aurait point de criminels.*

Par conséquent, détruisons la vieille société, supprimons les gouvernements, abolissons les gendarmes. Laissons l'homme à lui-même, et il sera bon, il sera heureux.

Les chrétiens répondent : Il est vrai que la société est mauvaise; mais qu'est-ce que la société, sinon l'ensemble des individus? Si chaque homme, pris séparément, était bon, tous les hommes réunis ne pourraient être mauvais. L'homme est mauvais naturellement; livré à lui-même il ne peut faire que le mal. Les gouvernements ne sont que l'image des peuples. Sans doute il n'y aurait pas besoin de gendarmes s'il n'y avait pas de criminels, mais il est trop absurde de dire que c'est le gendarme qui a commencé. Vous aurez beau détruire la société, dès qu'elle se reformera, les anciens vices reparaîtront : l'instruction et la liberté, quelque excellentes qu'elles soient, n'empêcheront ni la paresse, ni l'ivrognerie, ni la sensualité, ni l'égoïsme.

Par conséquent, ce qu'il faut détruire, *c'est le vieil homme*, c'est notre cœur corrompu; c'est notre nature égoïste.

En résumé, les révolutionnaires disent : Changez la société et l'homme sera bon.

Les chrétiens disent : Changez l'homme et la société sera bonne.

On le voit, ce sont deux points de vue opposés. Il s'agit de savoir lequel des deux partis met la charrue avant les bœufs. Lecteur, ne vous semble-t-il pas que ce sont les anarchistes ? La doctrine évangélique n'a-t-elle pas pour elle la logique et le bon sens ?

Sur les moyens de faire disparaître le mal de la terre, le même désaccord subsiste.

Les anarchistes proposent de le détruire par des moyens violents : le fer, le feu, la dynamite. Après que la citoyenne Louise Michel nous eût fait un si beau tableau de l'âge d'or, elle aborda les moyens de le réaliser : il y avait de quoi faire dresser les cheveux sur la tête : tout détruire, tout anéantir par tous les moyens possibles ! Pour abolir le crime, commettre des crimes ! Cela ressemble singulièrement à l'axiome jésuitique : « La fin justifie les moyens. » En somme, l'anarchisme n'est pas autre chose que le jésuitisme retourné : c'est le même fanatisme, le même aveuglement, la même obéissance implicite à des mots d'ordre secrets, le même mépris de la morale, de la justice et du respect des droits d'autrui.

Non seulement ces moyens sont criminels, mais ils sont insuffisants. Le mal reparaîtra toujours sous les nouvelles formes sociales. Et d'ailleurs, il y a un mal, un mal suprême, que la dynamite ne peut détruire. Ce mal, à lui seul, rend illusoire l'âge d'or qui nous est promis par les anarchistes : ce mal, c'est *la mort*.

Car il ne suffit pas de nous dire : « Vous serez bons, riches, intelligents. » Le serons-nous à toujours ? — Quel supplice épouvantable que de se dire chaque matin :

« Me voici parvenu aux temps nouveaux. Il ne me manque rien. Je suis libre, sage, habile. Je ne redoute ni la guerre, ni la faim, ni la prison… seulement, demain, je dois mourir. »

Ne voit-on pas ce qu'il y a de monstrueux dans une pareille situation ?

Dans l'état actuel la mort se comprend. Elle est le couronnement naturel de notre misérable vie ; elle apparaît même au malheureux comme un soulagement.

Mais s'il y a un âge d'or à espérer, si les promesses de Louise Michel doivent se réaliser, si un jour doit luire où l'humanité sera régénérée, je dis qu'alors la mort ne doit plus être possible ! Et si, dans ces temps nouveaux, on doit encore mourir, je dis qu'il ne vaut pas la peine de travailler à les faire naître. Mieux vaut l'état actuel. O prophètes qui nous poussez à prendre la sape et la torche ! Dites, quand nous aurons sacrifié notre vie au grand œuvre de la régénération sociale, nous en promettez-vous une autre à la place ? Quand nous aurons tout détruit, tout renouvelé, le sépulcre sera-t-il aboli ? Dites, nous promettez-vous le bien suprême : l'immortalité ?

Ecoutez maintenant ce que dit l'Évangile : cette doctrine est bien plus radicale que celle des plus radicaux révolutionnaires, et cependant combien plus douce, plus tendre, plus humaine !

L'Évangile dit : Le mal à détruire est un mal moral ; c'est avec des armes de même nature qu'il faut le combattre. « Nos armes, dit saint Paul, ne sont pas charnelles. » Le fer, le feu n'extirperont pas le vice. Le mal est dans notre propre cœur ; c'est là qu'il faut porter la guerre, une guerre acharnée, selon cette parole du Christ : « Le royaume des cieux est forcé, *les violents seuls* le ravissent. » Mais cette violence est toute spirituelle ; c'est la violence qu'on se fait à soi-même, lorsque, selon les paroles du même Sauveur, on s'arrache un œil, on se coupe un bras, *on renonce à soi-même.* « Amendez-vous ! Convertissez-vous ! » Voilà le premier mot de la prédication du Christ.

Ah ! c'est ici la grande raison de l'antipathie qu'éprouvent la plupart des hommes pour cette religion bénie ! Ils ne veulent pas se faire la guerre à eux-mêmes ; ils trouvent plus facile de courir sus aux abus, aux vices des autres, qu'à leurs propres faiblesses ; ils trouvent plus facile de lutter contre la société que contre leur mauvaise nature.

Ils ne savent pas, pauvres gens, que pour vaincre le mal, ils ont à leur disposition une dynamite toute-puissante. Elle se nomme : l'Amour de Dieu. L'amour rend tout facile. Par amour pour le genre humain, pour leur patrie ou pour les leurs, des hommes meurent joyeusement. L'amour est fort comme la mort ; l'amour de Dieu est plus fort que la mort. Si je sais que Dieu m'a aimé, si je l'aime en retour, j'abandonne joyeusement les choses que ce Dieu condamne ; si je crois qu'il est un Père, je n'aurai pas de peine à revenir vers lui en disant : « Pardonne-moi, car je t'ai offensé. » Oui, l'amour de Dieu, c'est la grande force qui transforme le cœur, transforme le monde !

Comment savons-nous que Dieu nous aime? Le voici :

Nous avons dit que les chrétiens et les anarchistes s'accordent à reconnaître la nécessité d'un sacrifice, d'une effusion de sang, pour opérer la rédemption de l'humanité. Ils ne sont pas les seuls : toutes les religions demandent des sacrifices ; toutes les races humaines ont versé du sang pour la conquête de l'idéal. C'est une des lois mystérieuses qui régissent l'humanité : aucun progrès ne s'est accompli sans effusion de sang.

La différence entre les anarchistes et nous c'est que, pour eux, le sacrifice n'est pas encore accompli, il leur reste des torrents de sang à verser avant de toucher au but ; tandis que pour nous, le sacrifice est fait depuis longtemps.

Oui, le sacrifice est accompli, et c'est dans ce sacrifice qu'a éclaté l'amour de Dieu pour nous ! Dieu aurait pu devancer les théories anarchistes ; il aurait pu détruire la société, la terre corrompue ; il en avait le droit, car il est la Justice même ; il en avait la puissance puisque toutes les forces de la nature lui obéissent. En un clin d'œil il pourrait abîmer le monde dans l'éternel néant. Mais il a préféré, dans son insondable amour, s'anéantir lui-même, prendre la forme d'un homme, s'incarner dans notre chair pour mourir à notre place. Ce sacrifice, d'une valeur immense, est suffisant pour expier tous les crimes de l'humanité, et l'amour qu'il fait naître en nous est un mobile assez puissant pour transformer notre vie. Sur la croix, le Christ nous a conquis l'âge d'or, le paradis, que tout le monde rêve, auquel les anarchistes eux-mêmes croient ! L'âge d'or qui ne finira pas, car le Christ est ressuscité, il est vivant, et il donne à quiconque l'aime et le sert *la vie éternelle!* Et cet âge d'or, il n'est pas seulement réservé à nos petits-enfants ; il commence sur la terre même. Le bon larron mourant l'a vu commencer au milieu de son agonie ; les disciples du Christ souffrants, éprouvés, persécutés, connaissent le bonheur. La primitive église a donné au monde le spectacle d'une société régénérée. Peuple ! enrôle-toi sous la bannière de Jésus-Christ ! Par lui, tu réaliseras ici-bas, sans verser de sang, la mesure du bonheur possible ; par lui, tu atteindras, par delà la mort, le bonheur éternel !

Deux chefs-d'œuvre mutilés

I

Qui ne connaît la Vénus de Milo, cette admirable statue que possède le Musée du Louvre, à Paris ? Qui n'en a vu la reproduction en bronze, en terre cuite, ou seulement en plâtre, dans les vitrines des marchands d'objets d'art ?

Les connaisseurs s'accordent à lui donner la palme, parmi les productions de l'art antique qui se sont conservées jusqu'à nous. Quant au public, moins soucieux de l'âge des choses que de leur valeur intrinsèque, son admiration depuis soixante ans ne s'est jamais lassée. La Vénus de Milo est et demeure le modèle achevé de la beauté plastique.

Et pourtant, quelles mutilations n'a-t-elle pas subies ! Jugez-en : les deux bras lui manquent, et le nez est endommagé. Pour qu'une femme n'ayant plus de bras et dont le nez est aplati, soit belle encore, et belle à défier ses rivales, il faut, mes lectrices en conviendront, qu'elle ait été parfaite à l'origine. La Vénus de Milo l'était.

Ce que nous savons de son histoire, le voici en peu de mots : En 1820, un consul français la trouva, dans l'île de Mélos, l'une des Cyclades, au moment où un paysan, qui l'avait déterrée dans son champ, allait en faire une borne. Il l'acheta six mille francs, rendue au port d'embarquement. Le laboureur y attela ses bœufs et la traîna par les champs et les routes ; c'est ainsi que l'ignorance a toujours traité les grandes choses. C'est merveille que, dans un voyage accompli de cette façon, la Vénus n'ait perdu qu'un fragment de son nez !

Car les deux bras lui manquaient déjà. On l'avait tirée ainsi de la fosse où, depuis des siècles, elle dormait. Aussi, pendant longtemps, se livra-t-on à des recherches minutieuses, pour retrouver les bras perdus. Mais, si elles ne furent pas inutiles, puisqu'elles mirent au jour bien des choses précieuses, elles furent infructueuses pour ce qui concerne notre statue.

Ce qui est tout aussi étrange que l'inutilité de ces recherches, c'est l'impuissance des sculpteurs modernes à restaurer la Vénus de Milo. Après plusieurs essais on a dû renoncer à lui faire des bras convenables ; et pourtant, à ce que l'on assure, quelques-uns de nos meilleurs maîtres s'y sont essayés. Il eût fallu saisir ce qui, malheureusement, sera toujours un secret : la statue était-elle seule, ou faisait-elle partie d'un groupe ? Quelle était sa position, qu'avait-elle dans les mains ? Il faudrait, en un mot, retrouver la pensée même de l'artiste. Ce serait le plus grand des hasards que l'on y réussît.

Ah ! si l'on pouvait ressusciter le maître inconnu dont la poussière, depuis tant de siècles, s'est mêlée à celle qui recouvrait sa statue ! Si l'on pouvait le mettre en face de ce marbre et lui dire :

« Voilà ton œuvre ! Nous la trouvons belle, mais toi, tu la reconnais à peine, car elle est défigurée, mutilée, bien différente de ce qu'elle était quand elle sortit de tes mains. Eh bien, refais-la ! »

Mais le sculpteur est mort, plus mort que sa statue. Il n'y a donc rien à faire ; la Vénus de Milo sera toujours admirable, mais toujours mutilée.

II

Je connais un chef-d'œuvre auprès duquel celui du Louvre n'est qu'une pierre informe et sans valeur. Il est du plus grand artiste qui ait jamais vécu. Il est le type le plus parfait de la beauté sous tous ses aspects.

Le chef-d'œuvre dont je parle, lui aussi, a subi des mutilations. Il est méconnaissable, comparé à ce qu'il était jadis. Tombé de son piédestal, il s'est brisé ; la boue l'a recouvert et souillé pendant des siècles. Malgré tout, il est resté ce qu'il y a de plus grand sur la terre.

Ce chef-d'œuvre, lecteur, c'est vous et moi ; en un mot, c'est *l'homme*. L'artiste, c'est *Dieu,* et la mutilation, c'est celle que le *mal,* c'est-à-dire le péché et ses conséquences, nous a fait subir.

Ah ! qui dira combien elle était admirable, la créature humaine, lorsqu'elle sortit, pure et sans tache, des mains du Créateur ! Ce que nous appelons jeunesse et beauté n'est que décrépitude et laideur en comparaison. Le corps, sans infirmités, ni flétrissures, ni rides, n'était que l'enveloppe et l'image d'une âme qui était, elle-même, la parfaite image de Dieu. La raison, la conscience, le cœur, tout était plein de Lui, tout lui rendait hommage. Plus la statue reproduit la beauté humaine, plus elle est parfaite. Ainsi, la créature humaine était parfaite, car elle reproduisait la beauté divine.

Mais ce chef-d'œuvre, hélas! a été mutilé. Il est tombé de son piédestal. Certaines gens le nient : l'histoire de l'Éden et de la chute les fait sourire. Mais ce qu'ils ne sauraient nier c'est leur dégradation présente. Comment l'homme a-t-il perdu sa pureté, sa noblesse, sa vertu, sa joie, sa vie, enfin? Mystère, si vous voulez; mais une chose est certaine, c'est qu'il pèche, qu'il souffre et qu'il meurt.

Et ce qui est non moins certain, c'est qu'il ne peut revenir à son premier état. La restauration de l'humanité a été entreprise bien souvent : toutes les religions n'ont eu d'autre but que de découvrir quelque part, de faire monter de la terre ou descendre du ciel, les dons sacrés que l'homme a perdus. Vains efforts! les religions ont complété l'œuvre de destruction; et l'homme, que ses passions avaient avili, est tombé plus bas encore sous le joug des prêtres qui prétendaient le relever.

Les philosophes n'ont pas été plus heureux. Ils ont fouillé la nature et le cœur humain; ils ont inventé mille choses qui étaient fausses, ils en ont découvert deux ou trois qui sont vraies; mais s'ils ont pu nous dire *ce que nous devrions être,* ils n'ont pu nous rendre tels. Ils ont remis la statue devant son piédestal, mais ils n'ont pu l'y faire remonter. « Soyez bons, vous serez heureux. » Voilà le dernier mot de leur sagesse. Mais comment devenir bons? Ils n'ont jamais pu nous l'enseigner.

La science, à son tour, nous a conquis bien des choses; elle a fait de l'homme, en apparence, un roi moins déchu qu'il n'était, elle lui a remis en main le sceptre de la nature, mais pour un instant seulement, car il faut le déposer à la mort. Elle lui a soumis les éléments, mais ne l'empêche pas d'en devenir la proie. D'ailleurs, ces conquêtes dans le domaine physique n'en ont amené aucune dans le domaine moral ; elles ne lui ont donné ni la force contre les passions, ni le remède aux maux de la vie, ni l'apaisement de la conscience, ni la vie éternelle. A ce point de vue, l'état de l'humanité a été le même dans tous les siècles, affirmant à la fois combien l'homme est grand, puisque Dieu seul peut lui donner ce qui lui manque, et combien il est petit, puisqu'après être tombé par sa faute, il ne peut se relever de lui-même.

III

Je disais, en parlant de la Vénus de Milo : Ah! si l'on pouvait replacer l'artiste devant son œuvre et lui dire : Refais-la! Cela est impossible, l'artiste étant mort.

Mais écoutez : Celui qui a fait l'homme, qui a pétri son corps et lui a donné une âme vivante, le Créateur est disposé à reprendre son œuvre et à la restaurer.

Que dis-je ? Cette restauration est déjà faite. En voici l'histoire :

Un homme parut, il y a dix-neuf siècles. Il était parfait. Nul en lui n'avait rien à reprendre. Les hommes étonnés le regardaient, les uns avec admiration, les autres avec envie, mais tous sentaient qu'entre eux et Lui il y avait toute la distance de la terre au ciel.

Cet homme, c'était Jésus-Christ, le Fils de Dieu. Le Créateur lui-même avait pris la forme humaine afin de refaire son œuvre et de régénérer l'humanité. C'est ici que toute image devient insuffisante. C'est ici qu'il devient impossible de comparer le divin sculpteur des âmes vivantes à l'artiste qui façonne un bloc inanimé.

Ce qu'il s'agissait de créer à nouveau, en effet, c'est un être vivant. Rendre à nos corps leur beauté eût été peu de chose; le guérir de ses maladies c'eût été insuffisant; il fallait tuer *la Mort,* il fallait tuer le mal dans sa source même; il fallait détruire le péché.

Et c'est ce qu'a fait Jésus-Christ. Sa vie était irrépréhensible, il devait donc monter au Père sans mourir. Il n'en a pas moins souffert le trépas, et quel trépas que le sien! La multitude des souffrances, des tourments et des remords que les hommes avaient accumulés, il les a endurés; il a ainsi expié tous nos crimes, Lui qui n'en avait commis aucun. Il s'est mis complètement à notre place et nous a mis à la sienne; Lui, le nouvel homme, a fait de nous des hommes nouveaux.

Ce n'est pas une restauration qu'il a faite; c'est plus que cela : une SUBSTITUTION. L'humanité était ruinée, et ne valait pas la peine d'être réparée; il fallait la détruire pour la refaire. Et Jésus-Christ, par un miracle d'amour que Dieu seul peut concevoir et que Dieu seul peut comprendre, s'est assimilé à la vieille ruine; il est devenu l'incarnation de la douleur, la victime de la mort, plus que cela : il s'est fait *péché* pour nous...

Mais Dieu l'a ressuscité, et nous avec Lui. La vie éternelle, qui était en Lui, ne pouvait demeurer dans le sépulcre. Et comme il s'était associé à notre mort, nous l'avons été à sa vie. Désormais, l'humanité est devenue nouvelle, étant sortie avec Jésus-Christ, comme d'une nouvelle création, du tombeau où il s'était enseveli avec elle.

Mais remarquez que, des deux parts, cet échange est volontaire. C'est de notre plein gré que nous sommes sauvés par Celui qui, de son plein gré, est mort pour nous. C'est bien le moins, puisque nous avons voulu tomber, que nous voulions du moyen qui s'offre à nous de nous relever. Nous ne sommes pas un bloc de marbre dont le sculpteur tire ce qu'il veut ; nous sommes des esprits libres quoique déchus, et Dieu lui-même, malgré le sang de son fils répandu pour nous, malgré sa résurrection, Dieu lui-même ne saurait nous donner la vie éternelle, si nous ne consentons pas à cet échange avec Jésus-Christ, « le seul nom qui ait été donné aux hommes par lequel ils puissent être sauvés ».

Lecteur, c'est donc à vous de voir si vous voulez être, pour l'éternité, un être sans destinée, une statue gisant à terre, un chef-d'œuvre mutilé, ou si vous voulez vous placer aux mains de Celui qui fut votre Créateur, pour qu'il devienne votre Sauveur.

Manifestation du 1ᵉʳ mai à Friseton-les-Canards

Je viens, monsieur, vous dire comment s'est passée chez nous, la grande journée du 1ᵉʳ mai. Si éloignés que nous soyons de Paris, nous sommes dans le mouvement et tenons à y rester.

Or donc, quand j'ai vu dans le *Petit Journal* qu'on allait faire une grande manifestation dans toutes les capitales de l'Europe, je me suis dit : Il faut que Friseton soit à la hauteur des circonstances ; ici, tout comme à Paris, il y en a qui travaillent trop et d'autres pas assez ; vive la journée de huit heures pour tout le monde ! Et là-dessus j'ai convoqué le cercle des Droits de l'homme, car nous avons un cercle à Friseton : c'est moi qui suis le président du cercle, le directeur de l'orphéon et le capitaine des pompiers ; je ne dis pas ça pour me vanter, mais il faut bien se faire connaître…

On s'est donc réuni au local du cercle, chez Trinquette, le cabaretier. Après un verre ou deux j'ai pris la parole : « Mes amis, ai-je dit, Friseton a toujours marché au premier rang de la démocratie ; nous nous devons à nous-mêmes de manifester avec nos frères du monde entier… C'est aujourd'hui le 1er mai. Ecrivons une pétition, que nous porterons solennellement tout à l'heure chez M. le maire, pour qu'il la transmette aux autorités supérieures.

— Approuvé ! cria-t-on d'une seule voix.

J'avais prévu cela, et j'avais préparé la pétition d'avance. Je la tirai de ma poche. La voici :

« Les soussignés, travailleurs et citoyens français, domiciliés à Friseton-les-Canards, ont l'honneur, de concert avec tous leurs frères, les travailleurs du monde entier, de réclamer des pouvoirs publics :

1º Que tout un chacun soit rigoureusement astreint à ne travailler que huit heures par jour, ni plus ni moins, à seule fin qu'il y ait du travail pour tout le monde et que personne ne soit tué par excès d'ouvrage ;

2º Qu'il y ait un jour de repos obligatoire par semaine ;

3º Que les femmes et les enfants ne travaillent que modérément, vu que, selon la nature, les êtres faibles ne doivent pas travailler du tout. »

— Bravo, bravo ! cria mon cousin Anatole, qui est vieux garçon, quand la lecture fut achevée.

— Bravo ! cria tout le monde. Il y en avait pourtant qui n'applaudissaient que du bout des lèvres.

Cependant, tous signèrent la pétition, et c'est alors que la grande manifestation commença.

Nous sortîmes de l'auberge deux par deux : moi et Trinquette en avant (Trinquette est vice-président du cercle); puis Anatole, qui est grand, portait la bannière, au bout de laquelle on avait attaché la pétition. La mairie n'est pas loin, mais pour rendre notre démarche plus imposante, nous fîmes le tour du village. Ah! monsieur, quelle belle journée! Vous n'avez pas d'idée comme le 1er mai est magnifique chez nous. Les acacias, tout le long de la route, agitaient sur notre passage leur feuillage d'un vert tendre, et les marronniers allumaient leurs grands cierges blancs; les pinsons riaient dans la haie, au-dessus de laquelle les bons bœufs nous regardaient passer, d'un air étonné... Ils étaient pour la journée de huit heures, eux aussi! Louisette, ma filleule, était justement assise au coin de la grand'rue, tout habillée de blanc, avec des fleurs dans les cheveux et dans les mains : on l'avait faite reine de mai. Elle vint au-devant de moi :

— Parrain, un sou! me dit-elle.

Je l'embrassai, et lui donnai un sou. Et enfin, on arriva à la mairie.

Sur la porte, Gaspard, le garde-champêtre nous attendait en grande tenue : la force publique avait donc été réquisitionnée! Il ne nous opposa cependant aucune résistance, et nous parvînmes jusqu'à M. le maire.

— Mes enfants, nous dit-il, quelle mouche vous pique, aujourd'hui?

— Monsieur le maire, répondis-je, nous venons, de concert avec tous les travailleurs du monde, déposer une pétition entre vos mains.

Le maire est un bon vieux que nous aimons tous, parce qu'il a du bon sens, et qu'il gère bien la commune. Il mit ses lunettes et se mit à lire la pétition :

— Hum, hum ! dit-il enfin. Ce que vous réclamez là est très raisonnable… très raisonnable en vérité, et si tous les travailleurs du monde demandent ces choses-là, et veulent réellement les obtenir, il n'y a rien à dire. Mais quand est-ce que vous espérez voir se réaliser ces grandes réformes ?

— Hélas ! répondis-je, ce ne sera pas de sitôt. Il faut que les empereurs, les rois, les princes, les Chambres et tout le tremblement y consentent. Mais nous en viendrons à bout ! m'écriai-je fièrement. Ce n'est qu'une affaire de patience. Et s'il le faut on y mettra la force.

— Eh bien, mes enfants, nous dit le maire, je vous propose, moi, de commencer tout de suite. Donnons à la commune de Friseton la gloire d'avoir marché la première dans le chemin du progrès.

Nous ouvrîmes tous de grands yeux.

— Toi, Trinquette, tu réclames la journée de huit heures et le repos du dimanche. C'est bien ! dimanche prochain tu fermeras ton cabaret toute la journée, et tous les jours tu l'ouvriras à dix heures du matin pour le fermer rigoureusement à six heures du soir.

Toi, Testard, tu demandes moins de travail pour les femmes et les enfants. En conséquence, tu empêcheras ta Françoise de se lever à quatre heures du matin pour aller sarcler les betteraves, et tu n'enverras plus ton petit Jean garder les vaches, au lieu d'aller à l'école…

Monsieur le Rédacteur, il faut que je vous l'avoue, nous n'avions pas pensé à ça. En entendant M. le maire, nous sommes devenus rouges comme des coqs. C'était pourtant vrai tout de même! Les cabaretiers, les garçons d'auberge, les voituriers, sont des ouvriers comme des autres! Et nos femmes qui travaillent aux champs autant que nous, valent bien la peine d'être protégées! Mais que deviendrait le monde si on fermait les cabarets tout le dimanche, et tous les jours à six heures du soir, et si les femmes ne binaient plus les betteraves?

Nous nous en allâmes sans rien dire. Et c'est ainsi que s'est passée chez nous la manifestation du 1er mai.

Les chevaux de bois

Pourquoi les Français, et surtout les Parisiens, sont-ils si amateurs des chevaux de bois?

Tout le monde sait ce qu'on appelle ainsi; tout le monde a vu cette minuscule cavalerie, suspendue au bord d'un immense parapluie, dont le manche est un poteau qu'un cheval aveugle — et vivant, celui-là — fait tourner. Quelquefois, c'est un homme qui fait l'office de cheval aveugle, mais l'accompagnement indispensable et sans lequel cet exercice n'aurait plus de charme, c'est un orgue de Barbarie, un orgue aux sons criards et exaspérants, qui sont au tympan ce que le casse-poitrine est à l'estomac.

On trouve des chevaux de bois partout, tout au bout du faubourg Saint-Antoine, quand se tient la foire au pain d'épices, et toute l'année, sur l'aristocratique avenue des Champs-Elysées. Il n'y a pas de commune reculée où les chevaux de bois n'aillent porter leur fanfare deux ou trois fois par année, en l'honneur de Sainte-Gudule, ou de Saint-Pantaléon, ou de tel autre patron de la localité.

Le progrès, qui s'affirme en toute chose, s'est occupé même des chevaux de bois.

Aux quinquets fumeux que nous avons tous connus dans notre enfance, ont succédé les aveuglantes clartés du gaz, voire de la lumière électrique ; les bons petits chevaux de jadis, dont la queue et la crinière étaient en vrai crin, sont remplacés souvent par des bêtes invraisemblables : sirènes et naïades, mastodontes et sauriens, attestent le développement des sciences naturelles et surnaturelles en cette fin de siècle… Mais, quelle que soit leur espèce, tous ces animaux ont même allure et même mugissement.

Les cavaliers et les amazones ne manquent jamais. Des jeunes gens enfourchent leur dada derrière des petits garçons, et l'on voit des demoiselles qui ont passé depuis longtemps l'âge des poupées se mettre en selle allègrement. Parfois même les « anciens » ne dédaignent pas de prendre part à l'équipée. En route ! La monture aérienne se met doucement en marche ; elle ne vole, ni ne rampe, ni ne trotte ; elle glisse, sans secousse et sans heurt, si bien qu'on pourrait, en fermant les yeux, se croire porté sur l'aile des fées, si l'odeur des beignets frits et le bruit strident des orgues ne vous rappelaient que vous êtes encore ici-bas. Bientôt l'allure est si rapide, que les quatre points cardinaux semblent en démence ; tout se mêle et se brouille ; la griserie du mouvement s'empare des cavaliers, qui se surprennent à battre leur monture pour la faire aller plus vite, comme si elle n'était pas de bois. Mais le sifflet retentit, c'est fini, tout s'arrête par magie, comme un escadron bien dressé : en voilà pour dix centimes ! Et chacun remet pied à terre, les yeux pleins de vertige et le cœur de regrets. Le Parisien aime les chevaux de bois, parce que ces modestes coursiers le mènent au pays du rêve, ce doux pays où ne vont, hélas ! ni les omnibus, ni les tramways.

Dans sa grande naïveté, l'enfant du peuple recherche le bruit, même discordant, et le mouvement, même inutile, parce qu'il trouve un peu d'illusion au fond de tout cela. Dévoré par une imagination toujours active, l'apprenti Parisien irait à la lune, s'il en savait le chemin… Il trompe, en attendant, ses ardeurs en enfourchant les chevaux de bois.

Il n'y a pas grand mal à cela, et je ne ferais qu'en rire, si l'amour des chevaux de bois ne se retrouvait en toutes choses. Malheureusement, ce n'est pas seulement à la foire qu'on se contente de l'illusion au lieu de la réalité.

On se lève, on déjeune, on court à l'atelier, au bureau, à la bourse, on s'arrête une heure et l'on recommence jusqu'au soir… La journée est finie, on se couche pour recommencer le lendemain. Et cela sans trêve, ni répit ; la machine tourne, tourne, jamais assez vite au gré des hommes impatients. N'est-ce pas là, chers lecteurs, une manière de jouer aux chevaux de bois ? Se retrouver tous les jours au même point que la veille ; gagner de l'argent pour le dépenser, puis en gagner encore ; manger, boire, dormir, aller au théâtre et à l'église, selon le jour et l'heure, écrire des lettres et en recevoir, qu'on jette après les avoir lues, est-ce que tout cela n'est pas une illusion, un mirage, une vanité ?

A quoi tout cela doit-il aboutir ? Voilà la question qu'on devrait se poser sans cesse et qu'on ne se pose jamais. Les chevaux de bois ne mènent à rien ; et la vie des gens du monde, où donc les mène-t-elle ? A ce redoutable inconnu qui s'appelle la mort.

Il y a, dans ce monde, une phalange d'hommes sages qui marchent plus lentement que les autres peut-être, car ils ne sont point portés par l'espérance factice, mais qui marchent vers un but. Leur route n'est pas circulaire ; elle est droite, toute droite ; aucune étape du chemin ne ressemble à la précédente ; leur vie est tissue d'épreuves et de délivrances, d'actions vaillantes et utiles à leurs semblables. Ils n'ont qu'un mot d'ordre : servir Dieu dans l'humanité ; ils n'ont qu'un but : la perfection ; et pour l'atteindre ils n'ont qu'un guide : *Jésus-Christ*.

Leur vie, en apparence sacrifiée, est féconde. Ils ne sont point emportés au hasard des destinées ; ils sont conduits par une intelligence souveraine, par un amour suprême, par Dieu lui-même qui, par degrés, les attire à Lui. Quand ils meurent, on n'a pas l'impression d'un édifice écroulé, d'une colonne brisée, d'une œuvre détruite ; mais au contraire d'un édifice achevé, d'une œuvre qui durera longtemps après eux. Ce qu'ils ont semé, germera et fructifiera de siècle en siècle. Et s'ils ont vu venir leur fin, ils ont pu dire en mourant, comme Paul :

« *J'ai combattu le bon combat, j'ai achevé ma course, j'ai gardé la foi ; la couronne de justice m'est réservée, et le Seigneur, juste juge, me la donnera.* »

Lecteur, ne voulez-vous pas vous enrôler dans cette phalange-là ?

Table des matières

Préface — 1

1. Le Barde — 4

2. Anhélia, l'île sans soleil — 15

3. Les souvenirs du vieux sergent — 23

4. Perdu et retrouvé — 37

5. Le dernier grain de blé — 44

6. Le père Martin — 49

7. La plus belle maison du village — 60

8. La terre invisible — 67

9. La fileuse — 78

10. Des aventures d'un chardonneret — 89

11. Frayeur nocturne	99
12. Noël	104
13. Le roi du monde	108
14. La Bête	112
15. Le testament de mon père	119
16. Le miroir	140
17. La forteresse assiégée	147
18. La fête des morts	154
19. La source	159
20. L'arc-en-ciel	163
21. Le peintre	168
22. Les sandales du Christ	172
23. Le Ciel	180
24. La sainte ampoule	185
25. Le temple	190
26. La grève	193

27. La montagne d'argent	202
28. Tuer le temps	207
29. L'Age d'or	210
30. Deux chefs-d'œuvre mutilés	219
31. Manifestation du 1er mai à Friseton-les-Canards	226
32. Les chevaux de bois	231